ちくま文庫

せどり男爵数奇譚

梶山季之

筑摩書房

目次

第一話　色模様一気通貫……7
第二話　半狂乱三色同順……53
第三話　春朧夜嶺上開花……101
第四話　桜満開十三不塔……149
第五話　五月晴九連宝燈……199
第六話　水無月十三么九……247
解説　古書とトップ屋……永江　朗……293

せどり男爵数奇譚

第一話

色《いろ》模《も》様《よう》一《いっ》気《き》通《つう》貫《かん》

一

……その夜も、私は出版記念会の流れで、銀座のバーへ数人の友人と繰り込み、猥談をしてはホステスを喜ばせ、酒を奢ってはマダムの目を細めさせていた。

たしか夕方から、小雨が降りはじめて、客足も落ち、店も閑であったから、多少、われわれは酒場を占領したような気になって、悪乗りしていた感がないでもない。

仲間のひとりが、酒が入ると、歌を唸らねば気が済まない男で、店に用意してあるマイクをとり、最近、売り出された許りの、ウエーン・林と云うハワイ生まれの三世の、『朝な夕な』の第一節を、歌い終えたところであった。

ひとりの――左様、五十四、五の人物が、蝙蝠傘を片手に入って来て、

「ここは、会員制ですか?」

と、マネージャーに訊いているのが、私の耳に入った。

私はその人物を見やって、

〈あれれ？　どこかで、会った人だぞ？〉

と思い、緊張した。

いつだったか、過去三年間に溯って、千七百万円の追徴金を取った税務署の人の顔にもよく似ているが、声が違うし、眼鏡もかけていない。

〈もしかしたら、新劇俳優の……〉

とも思ったが、その人物は半白の髪の持ち主で、私が思い当った俳優よりは、風格があった。

私は、咄嗟に思い当らず、

〈はて。どこで、いつ、お目にかかった人だろうか？〉

と考え込んだ。

文士という職業柄、私は、いろんな人にお目にかかっている。

その人種（失礼！）は多岐にわたっていて、現職の総理大臣もあれば、右翼の巨頭もあり、全学連の闘士もあれば、チンピラ・ヤクザもある……と云った按配である。

大体、月にして名刺を百五十枚から、二百枚ちかく消費するようであるから、いちいち名前も、顔も憶えて居られない……と云うのが実情であった。

マネージャーは、本当は会員制なのであるが、雨だし、客が少く、相手の服装も立派で

あると判断したらしく、

「やあ、そんなことありません。どうぞ、どうぞ——」

と挨拶している。

〈追い返せば、よいのに!〉

と、私は内心、不満に思った。

仲間うちだけで、騒いでいる時、招かれざる客が、とつぜん飛び込んで来たような感じだったからである。

紳士は、われわれが陣取っているボックスの隣りに陣取り、熱いお絞りで手を拭き、

「セドリー・オン・ザ・ロックス!」

と飲み物を注文した。

私はそのオーダーを訊いて、

〈あッ! あの人だ!〉

と思い当ったのである。

……忘れもしない。

昭和三十二年ごろ、文学青年だった私が、新宿の『ノンノ』と云う小さな酒場で、アルバイトのバーテンとして働いていた時、月に一回ぐらい顔を見せる常連のお客であったのだ。

当時、私はまだ二十代だったが、その人物は、三十七、八で、口髭をたくわえ、中折帽にスネーク・ウッドのステッキを、いつも小脇に抱えていた。

そして注文するのは、カクテル辞典にも掲載されていない、奇妙なカクテルだった。

その名前は、『セドリー』。

ジンとか、ウオッカ、或いは焼酎と云った透明な酒を混合して、氷の上に注ぐ……と云う奇妙な配合である。

だから他人には、客が水を飲んでいるとしか見えない。

しかし、その実は、強烈なのだった。

おそらく、自分で考案し、命名したものであろうと思うが、決して身分、姓名を明かさぬために、ノンノの店では、彼のことをミスター・セドリーと呼んでいた。

でも店にとっては、有難い客だった。

いつも現金で、ピシッと支払って行って呉れるからである。

私は、バーテンダーが、そのミスター・セドリーに対して、

「ベースは、ジンですか？　テキーラもありますけど……」

と質問しているのを耳にして、

〈ふーむ！　あれから十七年……。遂に、セドリー・カクテルの名前も、バーの世界に浸透したのだな！〉

と感心した。

とにかく、セドリー・カクテルに用いられる酒は、色つきでない、透明な酒でなければならない。

ただ、その透明の酒の配合率が、ベースを何にするかで異ってくる。

私は、懐かしくなった。

だが、自ら名乗りをあげるべきか、否かと躊躇っていた。

新宿のバーの頃でもそうだったが、彼は決して身分を語りたがらないのだ。おそらく、その店に這入って来た工合をみても、昔と変らないと思われた。

よくバーなどで、自分の身を誇示するためか、名刺をバラ撒く客があるが、あれは莫迦のすることだと、私は考えている。

なにも名刺など、店の経営者は、信用していないのだ……。経営者が、信用するのは、金であり、支払いに対する客の誠実さなのである。

私はトイレに立ち、放尿しながら、しばらく思案した。

そして、ミスター・セドリーに、自ら名乗りを上げて、久闊を叙することを、心に決めたのだ……。

だが、その私の衝動的な決意が、この人物の数奇な生涯を、ここに公表する結果となったのである。

思えば、人間関係とは、奇妙なものだ。

私がトイレから帰って、

「失礼ですが、あなたは昔、新宿の『ノンノ』と云う酒場へ、よくお越し下さった方ではありませんか?」

と声をかけると、その人物は、

「そうだが……あなたは?」

と訊いて来た。

私は、現在の職業と、ペンネームとを名乗った。

すると、彼は、目を輝かして、

「ふーむ!　あの時……カウンターの中で働いていた男が、きみだったのか!」

と云い、

「いや、ご出世、おめでとう」

と笑顔で私に握手を求めたのだ。

こんな場合には、たいてい皮肉だの、負け惜しみだの、さまざまな感情が籠っているものだが、ミスター・セドリーの音声には、毫もそんな気配は感じられず、かえって、すがすがしい祝福の言葉と受け取れた。

私は、仲間たちと離れて、暫く彼の席で懇談した。

「相変らず、現金主義で飲んでいらっしゃるのですか?」

と訊いてみると、

「あれは、私の生活信条でね」

との返事だ。

「店で働いている頃……マダム以下、一体、あの方の職業はなんだろう……って、評判でしたよ」

と告白すると、彼は苦笑して、

「そうだろうね。実のところ、私にも、よく判らない」

と述懐したものである。

私は、十数年前と、ちっとも変らない昔の客に、無関心では居られなくなって、

「もし、よろしかったら、一軒、二人だけで附合って頂けませんか?」

と云ってみた。

「そうだね。今夜は……私も、とても嬉しいんだよ。なにしろ、十何年も追いかけて来た恋人が、手に入ったんだからね」

と、相手は告げ、

「小説家である貴方になら、あたしの辿って来た生涯の、風変りな道も理解して貰えるかも知れないなあ……」

と、なぜか憮然とした口調で、ひっそりと呟いたのであった。

ロマンス・グレーの豊かな髪。

顔立ちは、男性的で凜々しい方である。

眉は細いが濃く、瞼は二重で、鼻筋はよく通っている。

唇は、色褪せて病的だが、意志の強さを表明して、一文字に引き締っていた。

背丈は、どちらかと云うと長身の方だ。

服装は、寸分も隙がなく、なんの香水か、いやらしくなくて、しかしプーンと鼻を撲つ淡い匂いが漂っている。

爪は、よく截って磨かれてあり、むかしの口髭こそないが、貫禄と云うものが備わってどっしりした感じであった。

「では、どこかへ、御案内します」

と、私は云った。

すると相手は、首をふって、

「いや、あたしのマンションに来て貰った方が、有難いのですがね」

と遠慮がちに告げた。

むろん、私にも異存はなかった。

タクシーに乗って、案内されたのは、北青山にあるマンションの三階——それも奥まった三部屋つづきの一角であった。

玄関を入ったところが、居間兼応接間と云う感じで、

「ちょっと失礼。着換えて来ます」

と次の部屋へのドアーをあけたところをみると、そこは寝室にでもなっているらしい。

だから私は、

〈二部屋だと……買い取りにしても、このあたりだと二千万円ぐらいかな？〉

と考えたことを憶えている。

しかし本当は、そうでなく、更に寝室のその奥――道路に面した北向きの部分に、二十畳は優にあると思われる、耐火設備を施した特別室があったのだった。

彼――笠井菊哉の云う〝宝庫〟が、それである。

そして、その宝庫の中に納められた品こそ彼の人生を狂わせたものであり、不思議なことに彼の生活を支える唯一の財源となっていたのであった。

その品とは、書物である。

そして書物こそ、笠井菊哉の恋人であり、生き甲斐であり、親譲りの財産を蕩尽しても悔いなかった対象物だったのだ……。

二

……さあ、なにからお話ししますかな。

あなたは、朝鮮関係、移民関係の資料を精力的にお集めのようですね。神田の古本屋のあいだでは、見向きもされなかった朝鮮関係の本が、この十年ばかりの間に、五倍以上の値が出たと云って、あなたに感謝してますよ。

え？　セドリー・カクテルの所以から話せと仰有るんですか？

まあ、そのうち、出て来ますよ。

業界では、あたしのことを〝せどり男爵〟とニック・ネームをつけてます。男爵と云うのは、本当なんです。

親父が、戦前の成金で、いわゆる多額納税者でしてね。それで爵位を貰った。

昭和十六年二月に、その父が妾宅で急死しまして……まあ、腹上死だったんでしょう、それで二十二歳になっていた私が、世襲と云う華族制度のしきたりで、男爵になったわけでして。

これでも学徒出陣組のひとりなんですが、華族と云う恩典のために、参謀本部づきで暗号解読の仕事を――つまり、内地勤務となって比較的いい目をみたんです。

まあ、男爵さまとして、プラスだったのはそれ位ですかな。

あたしは、子供の頃から、どう云うものか本が好きでしてな。

父親の虚栄から、学習院へ通わされていたんだが、初等部三年の時には、帰り途、矢来町や早稲田鶴巻町の古本屋へ寄っては、よく叱られてました。

自宅が牛込区にあったんですよ。

新刊本には、あまり興味なくて、古本のちょっぴり湿けたような、埃臭いような、あの匂いがたまらないんです。

矢来ビルの布袋屋、南洋堂、鶴巻の世界社なんて、いまでも覚えてますよ。

学習院の詰襟の制服を着て、十歳そこその餓鬼が、大人に混って古本をひねくっているんだから、古本屋の方でも、

〈なんと早熟《ませ》た子供だろう〉

と思ったでしょうね。

はじめは、小僧から追い払われていたが、平凡社の世界美術全集をポンと十五円で買って、番頭を従えて家に帰った時から、どこの店でも、

「坊ちゃん、坊ちゃん……」

と、お世辞を云うようになった。

なにしろ三十六巻もあるんだから、とても小学三年生の手に負えませんや。

親父は、成金趣味でしてね、

「古本なんか買うな！　どうせ買うなら、高くても新刊にしろ。もし、肺病のやつが買っていた本だったら、バイキンが伝染《うつ》るぞ！」

と、あたしを叱責しましたが、しかし、あたしは子供心にも、

〈どんな人が買っていたんだろう？〉

とか、

〈どんな姿勢で頁を繰っていたのかな？〉

と考えると、たまらなかったんです。

一種の夢想癖と云いますかね。

しかし正直に云って、この世界美術全集があたしを本の虜と云うか、本の虫にしてしまったのは事実です。

……それと云うのは、その全集の頁のあいだに、細い長い髪の毛がはさまっていたり、六巻目の中ごろの頁に、口紅をつけた指先で頁を繰った痕跡が、歴然と残っているのを発見したからでしてね。

あたしは、この美術全集の所有者が、なんとなく美しい人妻であったに違いない……と思い込んだ。

夫の帰りを待ちながら、化粧して、物憂く美術書の頁を繰っている人妻……。

その表情には、帰らぬ夫を待つ苛立ち、心侘しさが溢れている……。

あたしは、そんな空想に嬉しくなる……と云うより昂奮しましてねえ。

〈肺病になったっていい！〉

と思って、その薄い口紅の指痕に、接吻しました。

まあ、これが私と古本とを、強く結びつけたきっかけでしょうかね。

いまでも、怨めしく思う時がある。なぜ、あの最初に買った美術全集に、女の髪の毛や口紅痕がついていたのか、と——。

若し、それがなかったら、あたしは、これほど古本に狂わなかったでしょうな。

そして、まともな道を歩いてたに、違いないんです、ええ。

でも、あたしは、本の悪魔に、その時、魂を売ってしまった。

その時から、本の虫が、私の躰に巣喰い、いまや骨の髄まで喰い荒らしてる、ハッハッハ……。

しかし、初等部のころは、小遣いも少く、ただ美しい本を集める……と云う単純な、いわば遊びでした。

ですが、中等部へ進んで、神田の古本街を毎日うろつくようになる頃から、次第に変化して来たんです。

まあ、キザッたらしく云えば、古本を価値あるものとして、眺めだしたと云うんでしょうかねえ。

円本ブームが去って、古本屋の店先には、それらの全集物が安く売られてました。

改造社から出た五十冊の現代日本文学全集が、二十円ぐらい。

新潮社の第一期三十八巻の世界文学全集は十五円で買ったと覚えてます。円本とか、全集などは、予約購読をせずに古本で一冊ずつ買い求めた方が、利口なんですよね。

そうすれば、予約価格の半値で集められますから。

全集物などでは、予約はしたものの、途中で刊行中止などと云う泣きたいケースが、よくありますからねえ。

そのうち、あたしは神楽坂や、四谷大木戸あたりの夜店まで冷やかすようになって、面白い発見をしたんです。

当時の東京は、露店が多うござんしてね。

本郷だと、四丁目の帝大前通り、根津八重垣町、駒込浅香町といったところに、常時、出ていました。

もっとも雨や雪の日は、休みですが。

もっとも古本を扱う露店でも、見切本、ゴミ本、古雑誌と三つの種類があったようでした。

雨戸二枚の上に、雑然とゴミと俗称される本が並べられ、「よりどり五銭」なんて木札が出ている。まあ、ゴミ屑同然……と云う意味なんでしょう。

ある時――たしか十五歳の夏ごろです。

神楽坂の夜店のゴミ市で、白髪の老人の客が、アセチレン灯の光に、和綴本を手にとって、ためつすがめつ眺めてたんです。

あたしは、

〈ああ、サクラだな……〉

と思った。

露店商が、客寄せに、よくやる手口なんですよ。

あたしは、意地悪な横目で、その老人を眺めながら、隣りのゾッキ本を漁っていた。

すると、どうも様子がおかしい。

老人は、突然、瘧《おこり》にでもかかったように、ブルブル指先を震わせて、小脇に抱えていたステッキを取り落したんです。

そして、震え声で、

「き、きみ！　五銭でいいんだねッ！」

と、露店の小母さんに訊いた。

すると、小母さんは欠伸しながら、

「売れないんだから、三銭でいいですよ、お客さん……」

と答えたんです。

これは夜店では、よくある風景で、決して珍しくない。

ところが、その老人は、震える手で、十銭白銅を取り出し、

「じゃあ、これで！」

と云うなり、その和綴本を懐にねじ込むなり、俄かに坂を駈け出したんです。

「あッ、お客さん！　お釣り！」

と、小母さんは叫んだのですが、老人は逃げるように走ってゆく。

あたしは、足許のステッキを拾って、老人を追いかけながら、

〈いったい、なにがあったんだろう！〉

と不審でならなかった。

老人は駒下駄。あたしは革靴だから、坂下あたりで、なんとなく追いついた。

あたしは、

「小父さま、忘れものです」

と声をかけたんです。

すると老人は、ギョッとなって、懐をおさえると、まだ震え声で、

「わかった、わかった。あと一円だす……。な、それなら、よいだろう！」

と、ペコペコ頭を下げだした。

あたしは、狂人ではないのか、とすら疑った位です。

老人は、財布から一円札を取り出し、あたしの手に押しつけ、なんとか、その場を逃れ

ようと必死なんですね。

あたしは笑いだして、

「ステッキをお忘れですよ」

と、老人のステッキを差しだし、三銭でいいのに十銭を支払い、いままた一円札を出した理由をお教え頂けませんか……」

と注文をつけたのだった。

……これが、書痴と云われた加蓋堂順之助老との出会いであり、あたしが和本に目を向ける動機となったのです。

三

思えば、加蓋堂と云う老人は、市井人でありながら、変った人物であった。

学者が研究のため、実業家が趣味のため、古書を集めると云うのなら話はわかる。

しかし加蓋堂は、その店名でも判る通り、陶器商であった。それも、酒器を主に扱っている小売店主だ。

のちに、笠井菊哉は、市井の徒にも蔵書家が少からず存在することを教えられたが、加蓋堂は江戸時代の「芋繁」に匹敵するような好事家であった。

「芋繁」とは、下谷御徒町で焼芋屋を渡世としていた奥村繁次郎と云う人物で、蔵書印に、芋屋の行灯を型どり、『このぬしいも繁』と云う凝った印鑑を捺していたことで有名な男だ。

加盞堂は、徳利と盃を並べた図柄に、『加盞堂蔵』という四文字を配置した蔵書印をもちい、それが彼の自慢であった。

本名は、南順之助。

中学生の笠井が知り合った時、六十八歳ぐらいであったと云う。

順之助は、ステッキを届けて呉れた笠井菊哉を伴って、麴町にある自分の店へ帰り、小僧に、

「もう店を閉めなさい」

と命じ、妻には酒の用意を云いつけた。

そして、書斎に案内したものだ。

神田の和本専門店にある、桐の箱が棚にぎっしりと並んでいるのを見て、その時、笠井は、

〈あ、この人は――〉

と思い当った。

猿楽町の巌松堂、神保町の細川智淵堂などで、ときどき見かける人だったことを、記憶

に甦らせたのである。

中学生の笠井は、和本に無関心だったし、ただ、どんな本を売っているのかと、好奇心から一、二度、店を覗いてみただけだったから、南順之助にむろん関心を寄せることはなかったのだ……。

南順之助は士族の出であった。

家に、漢籍が所蔵されてあったところから、幼時から書物に親しんで育った。

父が、武家の商法ではじめた陶器商が、家業となったわけだが、父は子供の順之助に、

「本は、虫に喰われたり、湿気に弱く、その上、金にはならぬ。その点、陶器は虫も喰わず、雨にも強く、そして時代を経れば値打ちが出る。だから家業としたのだ……」

と、よく云い聞かせていたと云う。

なんでも廃藩置県が行われた時、南家でも所蔵の書物を換金しようとしたが、唐本が多いため値打ちがないとされ、

「一貫目五銭なら引き取りましょう」

と云われた時の屈辱が、順之助の父には忘れられなかったのであろう。

「いま、入手できぬ珍本とされている『資治通鑑《しじつがん》』なども、あったそうでしてね。これだけは、上野の書店が、八円で引き取って呉れたそうです。そして、なんと三年後に、広州の中国人は、千円の値をつけて、ポンと持ち帰ったそうでしてね……。私は、それを後に

知り、口惜しくてたまらず、よし、日本の古書だけは、中国人には渡さないぞ……と決心したんですよ」

南老人はそう述懐したが、明治三十年ごろですら、水戸家蔵版の『大日本史』百巻の相場は、五貫目だからと云うので、たった二十円の値しかつけて貰えなかったと云う。

……かくて南順之助は、伊勢版『資治通鑑』百四十八冊を（目方にして十五貫はあるそうだ）手許に揃えることに、熱中しはじめ、和本蒐集の世界へと、のめり込んでゆく。

南順之助は、妻が酒を運んでくると、

「お前も、そこに坐れ……」

と妻に命じ、

「中学生としてではなく、本の好きな同士として、この盃を、あんたにも受けて貰う」

と、笠井に酒を奨めた。

「こんどは、なに？」

奥さんは、嬉しそうにニコニコしている夫を打ち眺める。

「これじゃよ、これ！」

懐から取り出した一冊の和綴本には、『京すずめ』という題名が読めた。

奥さんが手を出そうとすると、老人は、

「触るな！」

と云い、目を細めながら、その表紙を、まるで女の肌を愛撫するかのように撫で、

「学生さん……」

と呼びかけた。

「笠井菊哉です」

彼は、はじめて名乗った。

「ああ、笠井さんか……実は、この和本はね……寛文年間に出版されたもので、六冊一組になっているんだよ……」

老人は、いかにも嬉しくてたまらぬ様子である。

「わしは、五冊まで手に入れたんだが……あと一冊が、どこをどう探してもない。二十年ちかく、いや、もっと探していたろうね」

南順之助は、その古ぼけた和本に、頬ずりでもしたいような表情だった。

「ところが今日……神楽坂の夜店を冷やかしていたら、ゴミ本の山がある。何気なく引っくり返していたら、夢にまで見た表紙が、ちらッと見えるじゃないかね……。まさか！と思った。でも、手にとってみると、紛れもなく『京すずめ』で……寛文版で、そして欠けている一冊だった！」

「なるほど、それであんなに、ブルブル震えて昂奮されていたんですね」

笠井は云った。

「そうなんだ……。何度みても、間違いないと知った時、わしは失禁しそうになった」

「大袈裟ですね」

笠井が苦笑すると、真顔になって老人は云ったものだ。

「いや、本当だよ。夢にまでみて、もう会えないと諦めていた幻の恋人を、探し出せたんだからねえ。昂奮もするし、もう、あとは無我夢中だった……」

と——。

奥さんが含み微笑って、

「なにもステッキを忘れて、駈け出すことは、ないじゃありませんか……」

と冷やかした。

「たったの十銭で、手に入ったんだぞ、それも！」

南老人は、まだ昂奮が鎮まらぬ風情であった。そこで笠井菊哉は、

「露店の小母さんは、三銭でいいと云ったんですよ？」

と云ってみた。

「ほう！　そんなこと、云うたか？　わしは覚えとらん！」

と南順之助は首を傾げている。

笠井と奥さんは、顔を見合わせて笑った。

「まるで万引き犯人が、逃げてゆくような恰好でした」

と彼が云うと、老人は銀髪を撫でてから、少しく照れていたが、盃をぐッとあけると、

「笠井君……。きみは、この本の値打ちを知らないだろうが……六冊の本は、一冊欠けても、バラ売りの値打ちしかないんです」

と、毅然たる言葉遣いになった。

「ははあ……」

「三銭で買えたものを、わしは十銭だした。いや、あんたに慌てて一円を手渡そうとしたが、あの時、あんたが二十円だせと云ったとしたら、わしは素直に出してたろうね」

「ええッ、二十円ですって？」

「そうじゃ。この『京すずめ』は、六冊揃うと、古本市でも三百円は堅い。店頭では、四百円の値がつくのです」

南老人は、そう教えたのである。

笠井菊哉は、啞然となった。その言葉が、信じられなかったからだ……。

老人は、笠井が帰る時、

「友達になれた記念に、錦絵を一枚、進呈しましょう……」

と、棚から無造作に一枚を引き抜いて、新聞紙でくるくると巻いて呉れた。

奥さんが、慌てて、

「あなた。学生さんに、ワ印は駄目ですよ」

と云った。

「心配するな。武者だよ……」

老人は苦笑して答えた。

自宅への帰り道、笠井菊哉は、その別れ際の老夫婦の会話が、ひどく気がかりでならなかった。

――学生さんに、ワジルシはだめ。

――心配するな。ムシャだよ。

たった、それだけの会話のやりとりだが、上品で貞淑そうな夫人が、慌てて主人を叱るように云った言葉だけに、気になってならなかったのである。

四

慶応大学の予科へ入学した年の夏に、支那事変がはじまった。

級友たちは、ダンスホールだ、酒だ、カフェーだと遊び興じていたが、笠井菊哉の関心は、和本や錦絵の世界に向けられていた。

彼が〝ワジルシ〟の意味を知ったのは、加藩堂老人の書斎に、出入りするようになって間もなくである。

夫人の話だと、老人は、奥さんすら、書斎に入れず、外出のさいには必ず扉を閉め、南京錠をおろすのだそうだ。

最初、連れられて来た時は、夜だったし、家の外郭は判らなかった。

だが、昼間、訪ねて来てみると、店の奥に二階建ての土蔵があり、そこが書斎になっていたのだった。

むろん、苦心して集めた和本の類いを、焼失から守るためである。

その二度目の訪問は、父が叙勲された祝いの引出物に、酒器一揃いを来客に配ることになり、彼が母に進言して、加搔堂を推薦し、その使者役を買って出たからだ。

むろん、それを口実にして、南老人に会いたかったからである。

一つには、和洋の古書を手がけている神田の一誠堂で、

「いま、『京すずめ』と云う和本は、どの位の値段ですか……」

と質問したところ、顔見知りとなった小宮さんと云う人が、即座に、

「さあ、市には出ませんが、三百八十円から四百円が相場でしょうね」

と教えて呉れたからでもある。

加搔堂の言葉に嘘はなかったのだ。

進物の件は、南老人が、その頃、新築して引き移ったばかりの笠井男爵邸に伺候して、家令と商談することになった。

老人は、華族の子供と知ってから、安心したらしく、

「あんたも、本が好きなようだが、土蔵から外へ持ち出さないことを約束して下さいよ」

と念を押し、先ず錦絵の上手な買い方から手ほどきして呉れたのである。

「錦絵は、摺り、判、図柄、保存と云う四つの資格で決まるんです。絵師が大絵をかき、板木師がそれを色にわけて彫り、摺師がタトウを使って摺り上げる。これが、浮世絵の基本です」

「一板で、二百枚を限度として摺りますが、素人客だとみると、初摺だから高いのだと値をふっかける。本当は十二枚目ぐらいのが一番色もよく仕上ってるんですよ……」

などと、初歩的な知識を与え、

「錦絵と云うのは、明和二年に誕生したものでしてね、さまざまな色彩をかけ合わせて、いろんな美しい、複雑な色を出したんです。組絵とは違います」

と教えた。

菊哉が、日本歴史に、俄かに興味を持ちはじめたのは、この南老人から錦絵の変遷を教えられたことに、負うところが大きい。

錦絵といっても、判がいろいろあること。

竪一尺五寸、横二尺五寸の大判から、大錦倍判、大錦、間錦、中判、幅広細絵、細絵、小判、長絵、柱絵、短冊判、色紙判の十二種類を、一目みただけで看破らねばならぬ。

用紙は奉書を使うが、柾を使うものもあって、柾紙を竪目に切ったものは、短冊判に多い。

稀に、絹布などに摺ったものがあるが、これは市販品ではなく、好事家が道楽に作らせた値打ち物である……。

三度、四度と訪ねて行くと、南順之助は、大量な酒器の注文があったこととて、下にもおかず彼をもてなした。

そして実物を、土蔵の二階へ、いちいち取りに上っては、説明して呉れるようになっていく。

折目のついたもの、裏打ちのあるもの、全紙の縁を切り取ったもの、虫喰いや、手ずれのあるもの、水をかぶった疲れもの、色褪せたもの……と、欠陥のある浮世絵を示して、実地教育して呉れるのだった。

また、偽物についての見分け方も、あれこれ教えて呉れた。

「よござんすか、坊ちゃん。本物は、植物性の絵具をタップリ使いやすので……こうやって裏に滲み出てましょう？　ニセ物は、紙の裏をみると、バレンの跡が光って残っていましてね……。そいつを隠すために、もみくちゃにして水に浸したり、煤をつけたり、裏打ちをしたり、表装しているんですよ……」

なにしろ本物の広重と、偽物の広重との実物を対比させながらの講釈だから、もっとも判り易い。

だが、老人は、土蔵の二階にだけは、決して彼を案内しない。

ある時、南が不意の来客で、彼を書斎に残して出て行ったことがあった。

その時、笠井菊哉は、好奇心を抑え切れなくなって、そっと跫音を忍ばせて、二階へ昇ってみた。

棚が切ってあるが、下のように和本はあまりなく、錦絵ばかりの感じである。

彼は、それらの棚を眺めて行き、正面の棚に、歌麿、湖竜斎、重政、春章……などと、著名な浮世絵画家の名を書きつけた、桐の箱を発見するのだ。

しかも、ご丁寧に、紫の紐でしっかり結んである。

〈なんだろう？〉

と思って蓋をとり、中を覗いた菊哉は、思わず蓋を取り落してしまった。

……それは、なんと妖しい男女の図柄であったろう。

生まれて初めてみる秘戯画であった。

女は、泣かんばかりに眉根を寄せて、足の指を折り曲げている。

男は、その片脚をあげさせて、太い男根を女陰に押し込んでいた。

菊哉は、カーッとなった。

呼吸が苦しくなり、耳朶が火照り、鼓膜が金属音をキーンと奏ではじめる。

動悸は早鐘を打つようで、そして股間に不意に怒張するものがあった。

〈男と女は……こんなことをするんだな。そして、これがワ印だな！〉

と思った。

彼は、大急ぎで蓋をしめ、紫の紐をかけて階段をおりようとしたが、その途中で、

「ああッ！」

と叫んで蹲踞《うずくま》ってしまった。

なにかが、サルマタの内側に、迸《ほとばし》ったのである。

菊哉は、その時、生まれて最初の、射精を体験したのであった。

幸い、加盞堂には気づかれなかったが、ズボンにまでシミが滲んで来て、カバンで前を隠しながら市電に乗ったことは、よく憶えている。

それ以来、菊哉は、加盞堂の土蔵の二階を忘れられなくなった。

が、そのうち、南老人も、それと悟ったらしく、

「坊ちゃん。とうとう二階のワ印に、お気づきなすったな……。ハッハッハ。まあ、いずれわかるこった！」

と云って、二階に顎をしゃくり、

「見たければ、いつでもご覧なさいまし。ただ断っておきますが、淫らなものとして眺めてはいけませんぜ……。若いんだから、仕方ありやせんが……二階へあがる前に、湯に入って、さっぱりしてから、落ち着いた気分で鑑賞してお呉んなさい」

と許可を与えて呉れたのだった。

以来、南家では、彼が月に二度ぐらい顔を出すと、昼間から風呂をわかすのが慣例となった。

錦絵の方でも、ワ印となると、いわゆる入札市や、振り市には出廻らない。

また古本屋へ売買するケースもなかった。戦前だから、警察の目が光っているし、うっかりすると所持していたと云うだけで、拘引されるからだ……。

笠井菊哉は、南老人の枕絵蒐集をみて以来、自分もなんとか、名品を手に入れたいと思うようになった。

南順之助に相談してみると、

「わたしは、和本あつめのついでに、錦絵をボツボツ買ったんですが、これが一番いいようですね……。大体、和本を売却するのは地方の資産家ですからね。枕絵なんて、当時のことですから、結構、集めてますから……まあ、逆に鯛でエビを釣る気になったらどうです？」

との返事だった。

菊哉は、和本の勉強をはじめた。

ひとくちに〝和本〟と云っても、入ってみたらこの道は険しく、そして幾ら知識を詰め込んでも、詰め込んでも、範囲は広がる一方である。

しかし『京すずめ』以後、和本、錦絵に魅せられた菊哉は、世間の人が見向きもしなくなっている、この日本の古書に、加藁堂老人なみの情熱を燃やしたのだ。

先ず和本の歴史である。

日本最古の図書館は、芸亭《うんてい》であった。

奈良朝の末期、石上宅嗣《いそのかみのやかつぐ》なる人物が、集めた写本を、学者に限って閲覧を許したのが、その嚆矢である。

古来、こうした書物を集めることは、時の権力者でなくては出来なかった。

平安朝の藤原頼長は、保元の乱を引き起こした悪党だが、濠をめぐらし、高い土塀を書庫の廻りに築いていたと云う。

いまも横浜に残る金沢文庫は、鎌倉時代、北条実時が称名寺につくったものだ。

戦国時代には、後陽成天皇の勅版として、活版技術が生まれ、徳川家康は駿河版をつくり、文教政策に貢献したのであった。

大学へ進むころ、笠井菊哉は、漢籍を白文で素読し、江戸時代の木版の崩し仮名文字をすらすら読める位になっていたのだった。

むろん、和本の歴史にも通暁し、その古書の市場価格も諳んじるようになっていたと云うのだから、矢張り好きこそ物の上手なれと云う諺通りである。

五

笠井菊哉は、大学二年生のとき、肋膜を患って、二年間ほど、休学した。

この休学も、彼の人生にとって、大きな転機となっているかも知れない。

なぜなら療養のため、諏訪湖の近くの病院に転地したからである。

大体、この長野県と云うところは、教育の盛んなところであった。

霧ヶ峰の麓にある療養所を抜け出て、諏訪の町を散歩していた菊哉は、ある焼芋屋の店先で、罅《ひび》の入ったガラス窓に、古文書らしい和紙が、ペタリと糊付けされているのを目撃したのである。

〈謡曲の本らしいな……〉

と近寄って目を凝らした菊哉は、思わず自分の眼を疑った。

〈目の錯覚だ……〉と思ったのである。

しかし、それはどう見ても、嵯峨本の『光悦謡本』のようである。

この嵯峨本と云うのは、角倉素庵《すみのくらそあん》、本阿弥光悦らが、関東に対抗してつくったもので、いわゆる道楽出版の一つに数えられていた。

光悦が自筆の版下で、活字をつくったがために、光悦本の異名もある。

とにかく造本の粋を集めた芸術品として定評のある古書であった。

なかでも光悦本『謡曲百番』は、百冊あって、昭和五年八月、徳島の旧家・大多喜家の売り立てのさい発見され、神田の一誠堂が二千円で落した……と云う逸品である。

また同じく光悦本『平家物語』二十五冊も、彼が入院する前には、五千円ぐらいの値をつけていた。

彼は、焼芋屋へ入り、

「五十銭ほど、お呉れ……」

と、水ッ洟を啜り上げている老婆に、注文した。

昭和十三年の秋である。インフレ傾向にあったとは云え、信州の小さな町で、五十銭の焼芋の買物は、大きすぎた。

「お客さん。ツボ全部売ったって、二十銭だよ……」

と老婆は首をふった。

「療養所の看護婦さんに、持って帰ってやりたいんだよ……。焼き上るまで、ここで待たせて貰うから……」

菊哉はそう云って、床几に腰をおろし、さりげなく世間話をしたあと、

「誰か、謡曲をやる人がいるの？」

と質問を発した。

「うんにゃ、いねえけど、なぜやろう？」

老婆は、新しく芋を針金に、ひっかけながら訊く。

「だって、このガラスの罅どめに貼ってあるのは、謡曲の本じゃあないか……」

と云うと、

「ああ！　あれかな。あれは、収入役さんが死んだ時、土蔵の整理をして……出て来た反古を、カマドの焚きつけに貰って来たのよ……。なんか、丈夫そうだから、使ってみたんだすが……」

との返事である。

「えッ、カマドの焚きつけ！」

菊哉は、愕然となった。

しかし、胸のそこは、わくわくと高鳴り、ある期待で弾んでいたのだ。

「そ、それで……その謡曲の本は、百冊ぐらいあったんじゃない？」

老婆は首を傾げて、

「わからないけど……それ位は、あったろうで……」

と答える。

「そ、そ、それは、もう全部……焚きつけにしたのかい？」

思わず、声が震えた。

「なあに……襖の下張りに使ったり、落し紙に使ったけんど、まだ半分も使えねえ。爺さんと二人きりだけに……」

老婆は、そう告げた。

「ちょっと、見せて呉れませんか？」

彼は、思わず老婆に頭を下げた。

老婆は肯いて、台所から黝《あおぐろ》んだ桐の箱を運んできて、ヨイショと彼の目の前に置き、火吹竹を使いはじめる。

菊哉は、いつかの南老人のように、手が震えだした。

その収入役の家は、徳川時代から続いた旧家で、土蔵が二つもあると云う。

〈間違いなく光悦本だ！〉

彼は思った。

保存がよかったらしく、虫喰いもない。

勘定してみると、七十八冊あった。

「お婆ちゃん、病院で読んでみたいんだが、売って呉れない？」

笠井菊哉は、落ち着こう、落ち着こうとしながら、切り出した。

「値打ちのあるもんかね？」

老婆は、一瞬、目を光らせた。

「いや、なに……退屈だから、ベッドで読むんだよ……」

菊哉は、どぎまぎして答える。

「ふーん。だったら、持って行きなせえ」

安心したように老婆は炭を熾《おこ》しはじめている。

念のため、厠を借りて入ってみると、泥で汚れた床板の隅に、第十二番が、半分ぐらい引きちぎられた姿で、転がっている。

〈ああ……畜生！〉

菊哉は、よほど、そのクズ同様の十二冊目を拾い上げようとしたが、止めた。

……その日から、笠井菊哉は、偶然、ロハで入手した光悦本を、なんとか完全なものにしたいと考えるようになる。

和本を扱っている今川小路の村口、おなじく松雲堂、亀住町の広田、神保町の悠久堂、敬文堂、本郷の水谷、下谷の文行堂、吉田、浅草北仲町の浅倉屋など、目録を発行している古本屋に手紙して、毎月、目録を送って貰うようにした。

しまいには、大阪は平野町の中村積徳堂、温古堂、京町堀の清和堂、日本橋筋は高尾彦四郎、心斎橋の荒木、だるまや、曾根崎の中央堂……京都は三条寺町の細川開益堂、其中堂あたりからも、目録を取り寄せた。

でも、欲しいとなると、なかなか手に入らないものだった。

医師の目を盗んで、松本、長野の街まで、古本を漁りにいったり、古文書を蒐めていると云う資産家の庫へ入って、端本はないか……と探し廻った。

だが、二年間の療養中に、彼が手に入れられた光悦本は、『平家物語』の二十一冊だけであったのである。

それも四冊ほど、欠本であった。

東京に舞い戻り、復学した菊哉は、執念の鬼となる。

『謡曲百番』は、百冊揃ってこそ、値打ちがあるのであって、二十二冊も不足しているのだった。これでは、ただの紙切れである。

大学へは殆ど行かず、諏訪での出来事のような僥倖を求めて、東北、北陸……と旅をして廻った。

東京にいる時は、毎日、和本屋をめぐり歩いているから、どの店の、どこの棚の、どの位置には、なにがあって、何巻目が欠けているかを諳んじている。

とくに全集ものは、一冊欠けても、値打ちは半減するのだった。

地方廻りしている時、『謡曲百番』の光悦本にはぶつからなくとも、そうした古本屋が欲しがっている欠本には、よくぶつかるのであった。

これは、皮肉な話である。

売る方にしてみたら、それは全集ものの中の、ただ一冊のクズ本であった。

だから、値は安い。

しかし、一方の欠本探しをしている書店では、この欠本一冊が参加しただけで、ボーンと値は跳ね上るのである。

記憶力に秀でていた本の虫――笠井菊哉はドサ廻りで、必ず、そうした金の卵となる端本を探しだし、東京や、大阪の古本屋へ、売りつけた。

なにしろ、足許をみられており、セミプロに近い実力を持っているだけに、大学生とはいえ、侮り難い相手だった。

そして、菊哉の父が急死し、彼が全財産を引き継いでからは、笠井菊哉は、古書店の主人たちから、はっきり一目置かれる存在となって行ったのである。

六

……ハッハッハ。まあ、親父の財産が、転がり込んで来たんで、そんなことも可能だったんですがね。随分と無茶な値をつけて、嫌われましたなあ。

古本屋仲間で、厭がられる商売の仕方に、新規開店の店へ行って、必要な古本だけを買うのを、俗に「抜く」とか「せどり」と云うんですよね……。

あたしは、この「せどり」の名人でしてねえ。まあ、本の値打ちを知らない未亡人なんかが、主人の蔵書を資本に、古本屋を開業すると、目星しい本をあらかた抜いて、神田や本郷の店に売りつけるわけです。

まあ、背中を取る……と云うような意味から来たんでしょうが、それで「せどり男爵」って渾名されたんですよ。

なにも、そんな憎まれるような、小遣銭稼ぎはしなくても良かったんですが、欲しい和本を手に入れるために、金を稼いでおこう、と云う気持はあった。

太平洋戦争がはじまってまして、あの野郎……生意気だってんで、古本屋の番頭から、袋叩きにされたことがあります。

たしか、マニラ占領で、提灯行列かなにかをやっていた夜のことですよ。

それで、あたしも腹を立てた。

連中の云い分は、古物営業の許可をもたない癖に、モグリで勝手なことをしやがる……と云うことです。

A店で買って、すぐB店に売って利益を得るんだから、これは商売と看做されても仕方がない。

そこで、古本組合に加入させて呉れ……と云ったら、誰も推薦して呉れないんです。

よーし、こうなったら意地だ……と思いまして、いろいろ法規を調べました。

古本屋は、警察では古物商の扱いを受けていて、営業免許をとって、物品買受譲受明細帳だの、物品売渡譲渡明細帳、物品預り帳と云う三つの帳簿を用意しなければならない規則なんですね。

そして古本市会には、組合の承諾を受けた組合員でなければ、入札や、セリに参加できない仕組みなんです。

だが、地方の古本屋であれば、東京のどの市会にも、組合の承認がなくとも、自由に出席して取引きできる……と云う規約を発見したんですよ。

あたしは、「華族が地方の古本屋など……」と云う家族の反対を押し切って、横浜の古本屋を買い、そして振り市と呼ばれるセリに参加したんです。

みんなギャフンと云ってましたね。

欲しい和本は、値を吊り上げても、強引に落しました。光悦本『平家物語』の二十五冊の完本が出品された時など、当時の語り草になりましたがね。

そうでなくとも、あたしが、嵯峨本のききめを欲しがっていることは、業界で知れ渡ってます。

ききめと云うのは、入手困難な欠本のことですが、あたしは強気で乗せて行って、親引け寸前に三万七千円で落したんです。

物好きすぎる……と、古本屋仲間から叱られましたが、第二乙種とは云え、召集令状が来ないとも限らないし……どうせ死ぬのなら、良い和本を日本のために残しておこうと云う自負もあったんですが。

……そのうち、まさかと思った赤紙が舞い込んで、参謀本部で暗号解読でしょう？

休日に、軍服で振り市に加わっていて、憲兵隊に引っぱられて、
——現役の軍人の癖に、商売をするとは何事だ！
と、さんざん油を絞られたり、まあ、いろんなことがありました。
そして敗戦になるわけですがね……まあ、敗戦後のことは、いずれ日を改めて語ります
よ……。
問題は、光悦本『謡曲百番』です。
入隊までに、セリ市で、三冊ばかり端本を手に入れ、横浜の店の土蔵に保管してあった
んですが、空襲がひどくなったので、家族を信州に疎開させる時、『平家物語』など、百
点ちかい和本や錦絵を、運んで貰ってました。
だから助かったんですが、敗戦後、旧華族や、地方の資産家が、どっと蔵書を手放しは
じめたにも拘らず、この『謡曲百番』には、ぶつからない。
所有者も、その値打ちが、わかっていたんでしょうかねえ。
それでも、ボチボチと端本が出てくるようになって、ダブリを承知で買い集めて行って、
とうとう九十九番まで揃った。
ええ、一冊だけ不足なんですよ。
それが、なんと十二番——あのツボ焼芋屋の老夫婦の厠にあった代物なんですな。
あたしは、

〈運に見放されたな……〉

と、つくづく情なかった。

……その一冊だけを追い求めだしてから、かれこれ、十二年になりますよ。

まさに〝幻の一書〟と云うわけで。

ところが、ひょんなことが、あるもんですなあ。それが、やっと手に入ったんです、しかも一昨日の夜——京都で！

変な話ですが、数え五十三歳の今日まで、私は独身なんです。

一度も結婚したことがない。つまり、童貞なんです。

敗戦後は、母や弟妹のために、馴れぬことながら事業に手をだし、母の葬式をだし、弟や妹に世帯をもたせた時には、四十を越えてましてねえ。

なにか……今更と云う気もあって、独身を通して来たって訳でして。

ときに、京都にお公卿さんの流れを酌む家があって、当主がなくなられ、蔵書を整理したいと仰有るので、三日がかりで泊って、値踏みをして来たんです。その時、まあ同業者と一緒に土蔵に入ったんですが、なんと桐の箱入りの『謡曲百番』がある。

ドキッ！　としましたね。

取り敢えず、明細表を作ってから……と云うことになって、作業にとりかかったのですが、翌日、値踏みの時、調べてみると、十番から十九番までが、欠本になっているんです。

これには、大いに腐って、失望してしまいました。全巻揃っていたら、五千万円では利かない逸品なんですがね。

だが……その家の未亡人は、あたしが『謡曲百番』のうち、とにかく十番台の一冊の本を必死で探し求めていることを、京の古書店の人から耳にしていたらしいんです。

そして、童貞であることも……。

ガックリして、帰京しようとするあたしを未亡人は呼びとめて、離れに案内し、

「あなたは、一冊の本を血眼になって、お求めだそうどすな……」

と云うた。

「ええ、その通りですが……」

と答えると、未亡人は臈《ろう》たけた顔を、美しく痙き吊らせて、

「わても、あなたが残しとられる一つのものが欲しゅうおす……」

と、ひっそりと呟いたんです。

お判りでしょう？　あたしに残されている一つのもの……つまり童貞です。それもなんとも古色蒼然として、カビの生えかかった童貞ですけれど——。

彼女は、手文庫から、十冊の『謡曲百番』をとり出して、あたしの目の前におき、

「この中の一冊と、あなたが守り抜いて来た女嫌いとを、交換する勇気がおますか？」

と含み微笑った。

あたしは、

「お金なら、出します。ぜひ、譲って下さい！　お願いします！」

と三拝九拝した。

でも彼女は、あでやかに悪戯っぽく首をふるだけでした。

あたしは、考えました。大の男が、五十三年間も守り抜いた童貞を、いかに貴重な欠本とは云え、女の命令で捨てるだなんて、屈辱ではないか……と反省したんです。

しかし、やっぱり、欲しい。

麻雀で云えば、あと一枚で、一気通貫の手が出来て、しかも清一色の満貫と云うような手です。

あたしは、黙って肯きました。

……そして、その夜、その離れに泊ったんですが、

〈なぜ、男たちは、こんな詰まらない女体などに、夢中になったりするんだろう〉

と、不思議でしたね。

彼女は、四十五歳でしたが、亡くなった旦那さんの女道楽には、年がら年中、苦しめられていたのだそうです。

そして、

〈あの幻の一冊を手に入れるまでは、童貞を守り抜く〉

と、あたしの書いた随筆を読ませられて、俄かに古書を整理する気になったとか、告白していました。

彼女にとっては、男性に対する復讐だったんでしょうかねえ。

まあ、そんな訳で、二つの光悦本は、あたしの手許にあります。

彼女の家から出た品は、売り立てに附しましたが、十部欠本の『謡曲百番』は、安くあたしが落札して、彼女から貰った十冊を足し、完璧なものになりました。

……まあ、これだけお話ししたら、目下、あたしが何を生業としているか、お判りのことでしょう。趣味と実益とが、あたしの場合には、マッチしているわけでして。ときどき因果な商売だと思いますけれど、結構、自分では愉しんでやっているようなところがありますねえ。

リーチ、一発自摸《つも》、一気通貫！　と云う醍醐味は、なにも麻雀ばかりでは、ありませんよ……。ハッハッハ。

ひとつ〝セドリー・カクテル〟でも、お作りしましょうか。夜も、冷えて来たようですし、腹から温めないと、ねえ。

第二話　半《はん》狂《きょう》乱《らん》三《さん》色《しょく》同《どう》順《じゅん》

一

……私は、週末を伊豆で過すことにしている。一つには、健康のためであるが、目的はもっと他にある。

晴れた日は、近くの池部落にある五畝ほどの畑で、農耕にいそしむ。

素人百姓だから、作物の出来はよくない。

ひとつには、仕入れる種子が悪いのだろうと思うが、私が頑固に農薬や、化学肥料を拒否しているからだろう。

目下のところ、鶏糞と、堆肥だけに頼っているが、農薬をやらぬ故為か、虫が寄って来て白菜などは潰滅という為体《ていたらく》だった。

これは大いに口惜しかったが、どうせ道楽半分だからと諦め、自然肥料だけを今後も使う積りである。

雨の日は、資料を読んだり、自己流の油絵を描いて過す。倦んで来たら、温泉に飛び込み、ビールを飲みながら、テレビでも見ている。実に、健康的な生活だ……。

空気が澄んでいるから、食事がうまい。

東京では、一度ぐらいしか御飯を食べぬ男が、伊豆遊虻庵では、朝、昼、晩の三度、二杯ぐらいお代りするのだから、人間の躰とは現金なものである。

それと――もう一つの目的は、行きか帰りかのどちらかに、熱海にある「スコット」に立ち寄ることだ。

この洋食店には、志賀直哉、広津和郎、高見順……と云った文壇の諸先生が、よく通われていたらしく、むかしから美味しい料理を出す店として有名である。

私も、いつしか「スコット」党になって、伊豆へ行くと、ここの洋食を一回は食わぬと気が済まない。

――ところで。

先週のことである。

この「スコット」に立ち寄ると、満員で二階の座敷の方へ通された。

バーの女性と一緒だったが、料理を満喫し終って、デザートを待っている時、彼女が小声で、

「おトイレは？」

と私に訊いた。

それで私は位置を教え、彼女は肯いて階下へ降りて行ったが、なかなか戻って来ない。

やっと座敷へあがって来たので、

「どうしたんだい？　煙草でも、買いに出てたの？」

と私は訊いた。すると彼女は、

「先客があって……仕方なく待ったのよ」

と云い、それから、

「下に、変なお客さんがいるわよ」

と、クスクス笑いだした。

「変なお客？」

「ええ、そうなの。料理を前にしてね、水を調合して飲んでるのよ……」

彼女は、また笑った。

「水を調合だって？」

「ええ、三つのグラスを置いて、それを混ぜては飲んでるわ。あたし、見ていて、おかしくなっちゃった！」

と彼女は云う。

私は、咄嗟に、

〈せどり男爵だ！〉

と思った。

「ばかだなあ……」

私はそうたしなめて、

「それは、セドリー・カクテルだよ。水ではなく、ジンやウオッカなんだ……」

と教えた。

デザートを終えて、階下へ降りてみると、案の定、せどり男爵——笠井菊哉氏だった。

彼は、私を発見すると、

「やあ、ひょんな所で……」

と微笑したものである。

ちょうど私たちは、伊豆からの帰りであった。私は、その儘には別れ難い気持で、彼女に先に帰って貰い、

「お邪魔してよろしいですか？」

と断って、彼のテーブルに坐った。

私は、先刻とおなじく、ウイスキーの水割りを注文した。

笠井氏は、ジンとウオッカを追加して、

「畑仕事のお帰りですか？」

と私に訊く。

「よく、判りますね……」

と私が思わずそう云うと、せどり男爵はニヤリとして、

「だって、髪の毛から鶏糞が、プンプン匂ってますよ……」

と云ったのだった。

その日、かなり強い風の中で、えんどう豆の畝に鶏糞を撒いたのである。手はよく洗ったが、面倒臭いので、頭までは洗わなかったのだ……。

聞いてみると、珍しく熱海の旅館で〝売り立て〟があるのだと云う。

売り立てと云うのは、大量の処分本とか、珍しいコレクションなどがあったとき、同業者に回状をまわして集まって貰い、入札することである。

「しかし、熱海が会場と云うのは、変ってますね」

と私が云うと、笠井氏は無表情に、

「ワ印ですよ……」

と答えた。

つまり、男女の情交を描写した浮世絵、草双紙のことである。

「近頃は、警察がうるさいもんでしてね。それで親睦会と云う名目で、年に一回ぐらい、

場所を変えてやっているんです」

　笠井氏はそう教えて呉れて、

「下見がそろそろ終る頃ですね。入札は五時からですから、よろしかったら、後学のためにご覧になりますか？」

　と私を誘うのである。

　こんな機会は、滅多にない。私は、二つ返事だった。

　なんでも、東北の蒐集家が、金に困って手離したい……と云って来たのだそうだ。

　笠井氏は、すでに下見を済ませており、それで「スコット」へ食事に出たらしい。

「なかなか逸品がありますよ。マニアだったらしくて、保存もいい……」

　会場へ向かうタクシーの中で、笠井氏は云った。

「こんな場合、幹事書店は、どの位の利益になります？」

　私は質問した。

「ふつう売り上げの一割から一割五分どまりというところですかな。もっとも、今回のようなケースだと、特別ですが」

　……下見会は、すでに終っていた。

　笠井氏は、その日の幹事に、私を引き合わせて、見学の許可をとってくれ、

「よござんすか？　見学者は、いくら欲しくても、セリに参加できません。ただ欲しい品

が出たら、あたしが隣りにいますから、躰を突ついて下さい。安くセリ落して差し上げますから……」

と私に念を押すことを忘れなかった。

それが古書市の習慣なのである。

そして、その夜の入札風景は、文士である私に大いに参考になった。

そのあと、宴会だと云うので、私は帰京する積りでいた。

ところが笠井氏が、

「あたしは、ホテルは嫌いなんですよ。また宴会も、ね」

と云うので、

「では、私の知っている旅館へ行きましょうか？」

と彼を誘った。

話も聞きたかったたし、その儘、新幹線で帰京しても、銀座あたりで飲み呆《ほう》け、一夜が潰れることが判っていたからである。

二

……あたしは、地方へ参りますとね、屋根瓦や樹木に、カサブタのように白い苔が貼りついている土蔵のある旧家に、目をつけるんですよ。

家が古いと云うことは、物を大事にすると云うことでしょう？

そして子孫に、伝えようと云う心構えの現われなんですからね。

でも、ただ古いと云うだけでは、駄目ですな。

岩盤や、粘土質の土地に、建てられた家は崩れないんですね、日本家屋は――。

山を背にして、日当りのよい構造が、本の保存にもって来いなんです。東南が、ひらけているとと云うことですな。

かと云って、山の中腹に建てられているだけでも失格です。

片方が山で、片方が田圃か、川……と云った旧家なら、満点ですね。

山の空気は、本のホコリを落として乾かす作用をもっている。

しかし和本などの場合は、湿気も大敵ですが、あまり乾きすぎると、ボロボロになってしまうんです。

だけど、もう片方が田圃だと、朝日を浴びると水蒸気が立つし、湿った川風も本に適度に作用するんですな。

乾いた空気と、湿った空気が、交互に作用するから、ホコリもつかず、本も丈夫で長持ちしますわけで――。

明治以前は、地方では、本を手に入れるのが実に不便でした。

だから代々、子孫に云い伝えて来ているんですね。

——家宝だから、決して売るな。

とか、

——年に一回は、虫干ししろ。

とか、ね。

私の父など、教養はある方ではなかったけれど、本を跨いだら、よく叱られましてね。まあ、旧家には、そんな感覚がある。つまり頑固一徹なんです。だからこそ三百年、五百年と代が続いているのかも知れませんが。

そんな旧家へ、ノコノコと訪れて、

——蔵書を見せて下さい。

と云っても駄目です。

私は、肩書なしの名刺を持ってましてね、先ず直接に乗り込まずに、村の人と友達になるんですよ。これが、コツですわ。

どんな小さな部落にだって、居酒屋の一軒ぐらいはある。

そこへ入って、焼酎を注文すると、こっちが曲りなりにもネクタイに背広を着ているから、部落の人が驚く。

そして、中には物好きにも、

——日本酒や、ビールだってあるでよう。

なんて話しかけて来る人がありますね。

そんな時、私は云うのです。

――私は焼酎しか飲まない。

と、ネ。

こんなことから話がほぐれて来て、

――なにしに、こんな所サ来ただ？

――私は、日本家屋の研究をしている。この部落に、古い家があると聞いたので、旅のついでに寄ってみた。

と云った工合に、話を進めてゆくんです。

そして、村人から情報をとり、その家に古い本があるか、どうかを知ると、

――明日、改めて出直して来るから、誰か案内して呉れないか。

と切り出すわけです。

翌日、手土産をもって、案内役と一緒に、目的の家に行く。

向こうは、建築家と思っているから、なんの不安もなく、母屋から土蔵の中まで、じっくりと見せて呉れる。

その間に、当主の気性を見抜くのが、第二のコツでしてね。

欲の皮の突張った人、頑固者、無教養な男……相手は、さまざまです。

欲ばりの人には、貶すのが、もっとも効果がありますね。

——おそらく先祖伝来の古本でしょうが、失礼ですが、見たとこ値打ちのある本は、少いみたいですな。きっと、門外不出にしろ、と云われたんでしょう。他人に見せたら、恥を掻きますからな、アハハ……。

などと高笑してやる。

すると、相手は疑心暗鬼に駈られて、

——それは、本当だか？

と目を据える。

——商売柄、徳川時代の、建築に関する文献を探してますので、よく和本の古書市に行きます。だから、多少は値段は知ってる積りですよ。

と云うと、相手はシュンとなってしまいます。

つまり怒らせて、ペテンにかける訳で。

頑固者には、何度も足を運んで、説得あるのみですね。

——これだけの資料を死蔵しておくのは、世の中の人にとってマイナスだ。陽の目をみせて、多くの学者に使わせてやりなさい。

と云う風に持ちかけるんですね。

しかし頑固者だけに、決心すると、意外と話が判るんですよ。

ある時、
──よし、判った。大学の図書館に、スッパリ寄附すべえ。
と云う人がいましたな。
その時には、こっちが慌てた。
欲しい端本が、三冊も混ってたからで──。
無教養の男は、御し易いんです。
ズバリと金額を云うと、すぐ話に乗って来て呉れますからなア。
しかし近頃は、商売は、やり辛くなりましてねえ。
客の方も狡くなって、何軒かの古書店に、値踏みさせるんです。
地方の旧家の玄関先で、同業者同士で、鉢合わせすることがありますよ、ハハハ……。
ええッ？
そんな時は、どうするかですって？
むろん、相乗りですよ。談合です。
暗黙の諒解と云いますか、相乗りするのがわれわれ業界仲間の慣習でしてね。
ただ、客の方は、それと知らない。
仕入れた本を処分した利益は、鉢合わせした二人が、同額に折半しますが、このルール
はきちんと守られているようですよ。

和本を主に扱っている私ですが、戦後は、洋書なども扱うようになりました。われわれは、和本を古書、洋本や絶版本を古本と呼ぶんです。……そうですね。

今夜は、その古本について、愉快な思い出話をしましょうか。

三

——それは五年前のことである。

笠井菊哉は、仙台へ旅行に出かけた。

大学教授の未亡人が、夫の蔵書を中心に、古本屋をひらいたと云う話を、小耳に挟んだからである。

例によって〝せどり〟してやろうと考えたからだ。

大学教授の本は、教養と、専門書が多く、いわゆる端本はない。

しかし時たま、珍しい初版本などが、混っていることがある。

笠井菊哉は、駅の近くの同業者の店で、その未亡人の店の位置を訊いた。

場所も、店名もすぐ判ったが、相手はニヤニヤして、

「笠井さん。あらかた、せどりは終ったあとですぜ……」

と云う。これには、落胆したが、若しもと云うことがある。

彼は、大学のはずれにある、その未亡人の店を訪ねて行った。

一通り店内を見終ったあと、彼は、正式の名刺を取りだして、

「横浜の笠井です」

と、未亡人に挨拶したものだ。

店先で、一人の学生が、なにかを立ち読みしているだけで、閑散としている。

しかも真新しい書棚の四半分は、空いたままになっていた。

「棚が、風邪を引いていますな」

笠井は云った。

「あのう……なんですって?」

未亡人は、怪訝そうに訊く。

「いや、棚がかなり空間になっている、と申し上げたんですよ……」

「済みません。なにしろ、一人でやっているもんですから……」

彼女は、恐縮している。

「旦那さんの本を、そっくり入れるように、設計されたんでしょう?」

笠井菊哉は苦笑した。

素人の古本屋が、よく犯すミスなのだ。

もし蔵書が一万冊あったら、半分の五千冊を並べられるだけの棚を作ればよい。

そして客が売りに来る本と、古本市とで補充して、それで不足の時には、蔵書を並べてゆく。

「はい、そうなんです。どうせ、学生さんが売りに来ると思ってたんですけど、大学紛争で誰も——」

未亡人は悲しそうに云った。

「古本屋は、北向きになっていなければ、駄目ですよ。ここは南向きですね」

「ええ、不動産屋さんが、暖かくて光熱費が安くつく、と云ったものですから」

「日光は、書物の大敵ですよ……。それに北向きだと、不用の客は長居しません」

彼はそう教えた。そして、

「それにしては、本の値段だけは、正確についている」

と呟いた。

「あ、それは、専門家の方に、つけて頂いたからなんです」

「なるほど？」

……これまた、よくある手であった。

自分たちの欲しい本、売れ足の早い本には安い値をつけて、売れそうもない本は、正確に値踏みしておく。

そして開店の日、

――ご祝儀代りに。

と云って、欲しい本を、ゴッソリ買ってやるわけだ。

相手は素人である。

だから、感謝して申し訳ないと思う。

同じ〝せどり〟の中でも、もっとも悪質な行為であった。

〈畜生め……〉

笠井は、ちょっぴり義憤を覚えた。

「よろしいですか。これからも、あることです。店の左の入口から入って来て、先ず上段から、左から右へと一冊ずつ目を通して、次はその下の段をまた左から右……と云う風に眺めて行く客が来たら、それは私のような同業者なんですよ……。だから、気をつけねば駄目です」

彼は、忠告した。

笠井は横浜で、戦前からの古本屋を、まだ継続して経営していた。

三人の店員に任せてあるが、古本の売り値だけは、全部、彼が決める。

店員は、彼が決めた値段の、二割ましの正札のレッテルを裏表紙の内側に貼り、客から負けて欲しい……と云われたら、そのギリギリの線まで下げて売るわけだ。

古本屋の符牒は、むかしから決まっているのだった。

『オ・コ・ソ・ト・ノ・ホ・モ・ヨ・ロ・ヲ』

と云うのが、それだ。

これが一から十までの数字である。

だから笠井が、エンピツで、『オノ』とメモしてあれば、これは百五十円か、千五百円と云うことになる。

もっとも最近は、この符牒を、客の中で覚える人が増えたから、新しい独特の符牒を使う店も多いが……。

笠井は、その未亡人に同情し、安くゴミでも仕入れて来てやろうと考えて、業界の符牒など教えてから店を出た。

ゴミとは、雑本のことだ。

彼は、通行人に、

「この辺に、クズ屋さんの仕切り場を、ご存じありませんか?」

と数回、質問して、場所を教えて貰い、クズ屋のタテ場に行った。

地方の旧家の中には、古い物などを、古道具屋などに売るのは世間体がわるいと、クズ屋にタダで払い下げると云う者がある。

その時に、古文書だの、資料なども一緒に出して、

——持って行って呉れ。

と云うことがあるわけだ。

だから地方のクズ屋のタテ場から、思いがけず、良いものが出ることがあることを、笠井は知っていたのであった。

クズ屋の親方に会い、

「新しい荷をみせて呉れるかね……」

と彼は自己紹介し、紙関係のタテ場へ案内して貰った。

官庁関係から出たらしいクズが多く、殆ど食指を動かせるものはなかったが、ある雑誌と単行本とを、荒縄で縛った一つの包みの中に、笠井菊哉は、目を吸い附けられたのだ。

……それは、背文字が薄汚れて、いかにも、クズ屋へ叩き売られても当然――といった感じの古本だった。

それも表紙の装丁は、素人の手にかかったものと見え、粗雑である。

だが、その背文字を一読して、笠井は息を嚥んだのだ。

荒縄をほどいて、その本を手にとり、頁をめくった時、彼はまた獲物を発見した時の癖で、失禁しそうになったのである。

〈幻の本があった！〉

彼は、心でそう叫んだ。

四

笠井は、申し訳みたいに、四、五冊の単行本を拾いだし、親方に、

「いくらだね？」

と訊く。少しく声が、うわずっていた。

「さあ、それっぽっちなら、五百円も貰うスかな……」

相手は云う。

こんな時、悠揚迫らず、値切り倒すのが、玄人芸というものである。

結局、三百五十円で、その本を含めて、引き取った。

彼は、ホクホク顔で、タテ場を出る。

笠井は、近くのゴミ箱に、邪魔っけな残りの本を叩き込み、薄汚れた自家装丁の本だけをカバンに納い込んだ。

教授の未亡人に、施そうと思っていた親切心すら、とんと失念していた。

彼は、仙台駅から上野へと目指し、車中、カバンを離さなかった。

だから他の乗客の目からは、よほど大金が入っているものと、思われたであろう。

笠井は、上野に着くと、脇目もふらずに、北青山の自宅へと目指した。

そして、ドアの内鍵をおろしてから、ほッと一息をつき、セドリー・カクテルの調合に

とりかかったものである。

彼を、かくも昂奮させた〝幻の本〟とは、なにか。

——その本の背には、

『ふらんす物語』

と云う文字が読めた。

云うまでもなく筆者は、永井荷風である。

この本は、博文館から、明治四十二年三月に発売される予定であった。

当時は、内務省の検閲制度があり、製本にかかる前に、内容を提出しなければならぬ規定であったらしい。

ところが、内務省に提出すると、その日のうちに発売禁止を命ぜられ、押収となったのである。

だから、初版本ながら、製本し、市販される余裕もなく、発禁——と云う、世にも珍しいケースとなったのだった。

古本業界では、この『ふらんす物語』は、日本に二冊しかないと云われていた。

一冊は、内務省納本分を、秦豊吉氏が譲り受けて所蔵し、残る一冊は、作者である荷風自身が愛蔵している……と云うことだった。

しかし、戦後、数部ほど市に出た。

昭和二十九年にも一冊、古本市に出て、三万五千円だったかでセリ落されている。
みんな自家装丁の私蔵版であった。
笠井は、それを知って、
〈必ず、まだある筈だ……〉
と、確信はしていた。
そして、やっと邂逅したのである。
発禁対象となったのは、戯曲の「異郷の恋」と短篇「放蕩」の二篇である。
だが、その事実は知られていても、現物はないのであった……。
それで好事家は、『ふらんす物語』を、垂涎の目で探し求めていたのだ。
……笠井菊哉は、
〈とうとう、手に入れた！〉
と、セドリー・カクテルで乾杯した。
なにか夢でも見ている感じだった。
仙台の、あんなクズ屋のタテ場で、そんな〝幻の本〟を掘り出せようとは！
彼にとって、その手に入れた古本は、長い歳月、心のどこかに引っかかっていただけに
なにか女体にも似た〝恋人〟だった。
まだその時、彼は四十八歳で、しかも童貞だったのである。

薄汚れた装丁の、その『ふらんす物語』は恰も彼の目には、男遍歴をつづけて来た年老いた娼婦のように感じられた。

しかし、長年のあいだ、想いを寄せて来た〝恋人〟には変りはない。

二杯目のセドリー・カクテルを自ら作ったあと、彼は恋人の肌を撫でるかの如く、目を閉じて表紙を掌でゆっくり触れた。

羊皮紙かと思っていたが、なにか感触がおかしい。

彼は、スタンドを点け、首を傾げながら、その表紙に見入った。

なにかの皮である。

豚皮とも似ているが、毛穴は細かい。

〈一体なんだろうな〉

と彼は思った。

まったく正体が、わからないのだ。

匂いを嗅いでみる。

獣皮には、それぞれ特有の匂いが、あるものであった。

それが、まったくない。

〈よほど、上手に鞣したんだろう〉

と彼は考えた。

中身は、紛れもなく明治四十二年に発行された『ふらんす物語』である。

紙質、活字、組み方など、正真正銘のホンモノであった。

笠井菊哉は、うっとりとした。

これは、〝本の虫〟でなければ、わからない心理である。

裏表紙の内側に、珍しい蔵書票が貼りつけてあった。

愛書家の中には、本を汚したくないので、直接に蔵書印を捺さず、特別に蔵書票をつくり、貼りつける人がいるのである。

大きさは、表紙にすれすれ位の変ったもので、波の上に千鳥が飛んでいる模様が、おそらく木版と思われる図柄で描かれてある。

そして、毛筆で、

『毛利の古訓に習え。三人寄れば、文殊の知恵。人が行く裏に道あり花の山』

と書かれてあった。

〈いったい、なんのことだろう〉

と、彼は、また首を傾げた。

また蔵書票の上部右隅に、同じ筆蹟で、

『その弐』

と書かれているのも、思わせぶりである。

毛利の古訓と云えば、おそらく毛利元就が三人のわが子に、一本ずつの矢を折らせ、

――では、三本の矢を折ってみよ。

と云った故事をさしているものと、考えられる。

一本の矢は折れても、三本の矢は誰にも折れなかった。

だから、三兄弟、心を合わせて、外敵と戦えと云う教訓である。

それは、三人寄れば文殊の知恵、と云う表現にも、端的にあらわれている。

……つまり、この『ふらんす物語』の蔵書家は、三人の子供があって、兄弟仲よくせよと、云いたかったのかも知れない。

〈人が行く、裏に道あり、花の山……か〉

笠井は、その筆蹟を眺めながら、なにか思わせぶりだと、思わない訳にはゆかなかったのである。

発禁となった荷風の『ふらんす物語』は、おそらく十部は、現存していないと、笠井は踏んでいた。

しかし、蔵書票には、『その弐』と記入されている。

と云うことは、『その壱』、『その参』があると云うことなのだろうか？

秦豊吉氏の所蔵本は、斎藤昌三氏から、峯村幸造氏に移り、作者所蔵本は、小門勝二氏の手にあると聞いている。

後学のため、笠井菊哉は、二人から『ふらんす物語』を見せて貰っていたが、木版刷りの、波に千鳥の蔵書票は貼ってなかったし、装丁もそれぞれ異っていた。

〈若しかすると、あと二冊……あるのではなかろうか?〉

彼は思った。

いや、そう考えはじめた。

それは長年、古本を扱って来た人間の、カンである。

仮にそうだとすると、更に曙光が見えて来たわけであった。

だが、正直に云って、残り二冊を発見したとしても、彼には、その二冊を市場に出す気持は、毛頭なかったのだ。

愛書家には、時として書物破壊症と云うのか、狂人じみた行動をとる者がある。

ビブリオクラストと呼ばれているが、他人にその本を渡したくないばっかりに、その本を破損するのだ。

本の扉、口絵、奥付け、蔵書票などを切り取ったりする不徳義漢は、この書物破壊症であろう。

……こんな話がある。

イギリスの書物狂が、長年、自分の所蔵本を、世界でただ一つと自惚れていたところ、パリに同じ本を持っている人物がいると聞かされて逆上した。

彼は、大金を懐に、英仏海峡を渡り、そのパリの蔵書家の許を訪れた。

そして、一千フランから、二万フランまで値を吊り上げて、件《くだん》の書物を譲り受けると、直ちに暖炉の中に、その本を投げ込んでしまったと云う。

相手が驚いて、それを止めようとすると、イギリスの書物狂は、

「これで私の本は、世界で唯一の貴重本になったわけです」

と、哄笑したのだそうな。

愛書家も、高じると、そう云う心理になるものらしい。

笠井菊哉は、若しかしたら、あと二冊あるかも知れない『ふらんす物語』を探し出し、燃やさないまでも、門外不出にしたいと考えたのであった。

五

一週間後、ふたたび笠井は、仙台の例のクズ屋の親方に会いに、東北を訪れていた。

『ふらんす物語』が、いったい何処から出たのか、知りたかったのである。

しかし、官庁のクズと違って、家庭から出た古雑誌や古本が、集荷元には、判るわけがない。笠井は、親方に一万円を手渡し、

「あの本の中に、大変な手紙が入っていたんだよ……。だから、早く本人を保護しないと危いんだ……」

と嘘を云った。

親方は、一万円の謝礼に気をよくして、

「調べてみましょう」

と答えた。

笠井は、その折にやっと、大学教授の未亡人に義理を果したが、

〈世の中は、わからないもんだ〉

と思った。

いくら古本屋を歩いても、地方の資産家の書庫を歴訪しても、まったく出て来なかった幻の稀書が、タテ場から発見されたからである。

しかし、それも彼が、その未亡人に同情して、安い本でも仕入れてやろうか……と考えたからなのである。

東京へ戻って、二、三日後のことであったろうか。

彼は、『ふらんす物語』を傍らにして、セドリー・カクテルを飲み、裏表紙をあけたり閉じたりしていた。

なにか暗示的な文句のように、思えてならなかったからである。

「人の行く、裏に道あり、花の山か！」

笠井は、その文句が、株屋の格言であることは調べてあった。

その意味は、花見の時、大勢の観客が歩くコースを歩まず、人のいない処へ行けば、ゆっくり美しい花が愉しめる……つまり、逆手を行けと、云う意味なのだろう。

「裏に、道あり、か！」

と呟いて、書庫のテーブルから立ち、トイレに行こうとした時、カクテル・グラスが倒れ、蔵書票を濡らしてしまった。

彼は、舌打ちしながら、ハンカチで濡れた部分を拭き、小用に立つ。

そして再び書庫に戻った時——彼は、その『ふらんす物語』の蔵書票が、無残にも剥がれていることを、発見するのである。

〈やれ、やれ！〉

と彼は思い、

〈いっそのこと、剝がしてしまおう〉

と考えつく。

本の扱い方には、年季が入っているから、お手のものだった。

そして蔵書票を剝がした笠井は、その下に奇妙な文字を発見することになるのだ。

素人が、墨で文字を書き、針を使って、装丁の皮表紙に刺青の要領で、丹念に文字を彫り込んだような……そんな不細工な文章だがハッキリと読める。

『るに非ず。政争の具に使われし也。

されど入手せし金は、すべて純金のノべ棒に換え、それはすべてお前たちに高輪の家』

一読、二読して、笠井菊哉は、やっと蔵書票に書かれた『その弐』と云う文字の意味を悟った。

〈そうだ……。人の行く、裏に道あり、花の山……と云う文句は、この裏表紙の蔵書票を剝がしたら、純金のノべ棒の隠し場所を、書いてあるぞ、と云うことだったんだ!〉

〈その弐と云うからには、きっと三人兄弟のうち、真ん中の人物が、この本を譲られていたんだろう……〉

〈すると、上と下に兄弟がいて、なにか知らぬが、二冊の本があるわけだ!〉

電光石火の如く、彼は思い当ったのだ。

となると、捨てておけない。

笠井菊哉は、矢庭にハッスルしはじめるのであった。

その裏表紙に、針で刻み込まれた文章を、彼は暗記した。

謎をとくヒントとなる鍵は、二つある。

「政争の具に使われし也」

と云う文句と、

「お前たちに高輪の家」

と云う土地を示す文句だ。

〈政争の具と云うからには、政治もしくは官僚だな！〉

笠井は、そう判断した。

だったら、『ふらんす物語』が発禁となった明治四十二年以後、高輪に住んでいた政治家か、官僚を探せばよいことになる。

なぜならば、そういった連中でなければ、製本前の、押収された『ふらんす物語』の初版を、入手できないと思ったからだ。

そして、この彼の読みは、若干、違っていたにしろ正確であった。

笠井は、すべてに熱中する性格である。

翌日から、明治時代に溯っての、高輪の住人探しが始まった……。

六

名前も、わからない。

住所も、むろん判らぬ。

しかも明治以降と来ている。

彼は、そうした三つの難問題を抱えながらも、根気よく高輪の旧家、あるいは嘗て在住した人の子孫を訪ねて行って、話を聞いた。

手がかりは、政治家か、官僚であること。そして、蔵書家もしくは艶本マニアらしいと云うことだけだ。

古本屋の仲間には、剝がれた蔵書票をコピーして送り、

――この蔵書票に見覚えはないか。若しあったら連絡して欲しい。

と手紙を添えた。

だが、仲間からは、なんの知らせもなく、あッと云う間に一年間が、無為に過ぎて行ったものだ。むろん製本職人にも、あたった。

しかし判ったことは、オットセイの皮を鞣したものではないか……と云うことだけである。むろん装丁技術は、専門家の手に依るものではない。

笠井菊哉は、蔵書票と、その下から出て来た三行の、下手糞な刺青めいた文字を眺めながら、毎夜、自棄酒を呷るようになった。

古本屋仲間には、うっかりしたことは話せない。

幻の『ふらんす物語』を入手したことすら内緒にしている位なのだから……。

彼は、歴史の方から、辿ってゆくことを思いついた。

明治四十二年と云えば、西園寺公が政友会総裁の頃である。

憲政本党と、政友会が対立し、桂内閣を野党三派はことごとく攻撃していた。

伊藤博文が、日韓併合の方針が決定された後に、ハルピンで暗殺されたのも、明治四十

二年である。

……いろいろと調べてゆくうちに、この年に日本製糖の重役が、贈賄容疑で逮捕されて、ために多数の代議士が、司直の手で拘引されていることが判った。

〈ふーむ！　この事件に、なにか関係があるのではないかな？〉

彼は、そう思い当った。

人名がハッキリしているから、今度は、その子孫の線を辿ってゆくことは、前と違って容易である。

ところが――これまた失望であった。

誰も、その蔵書票に見憶えがないと云うのである。況《ま》してや、艶本蒐集家などは、当時の関係者には混っていない。

まあ、死後に処分することだってあるであろうし、また焼却したりして、陽の目をみないことの多いのが艶本である。

笠井菊哉は、諦めかけた。

……ところで、彼は、随筆を書く。

それも大新聞から、依頼されることが多いのである。

むろん専門の、古書についてである。

その年の読書週間にも、ある新聞社から、古書界の展望について、六枚の原稿を求められた。

この時、ふと思いついて、例の蔵書票を示し、

「この模様を、カットに使って頂けないでしょうか」

と学芸部の記者に依頼した。

何もしらない相手は、

「よござんすよ……」

と、二つ返事で承知して呉れたものだ。

その原稿が発表されて、約一カ月後のことである。

航空便が、新聞社気付で送られて来たと、笠井のマンションに連絡があった。

さっそく転送して貰い、その手紙をみるとニューヨークからの航空便である。

差出人は、千鳥光彦と云う人物だった。


『前略、ご免下さい。

A紙の貴方の随想を拝読した者ですが、その折、著者提供という注釈のついたカットを拝見して、駭《おどろ》きました。

いつ、どこで、あのカットを入手されたのか、御教示いただければと存じます。

亡父の話では、あの蔵書票は、この世に三枚しかないと云う話でしたので――云々』

手紙の文面と趣旨は、以上の如くである。

笠井菊哉は、

〈やった！〉

と、心の中で叫んだ。

〈この世の中に、三枚しかない！　それでは、判らないのも道理であるわい！〉

彼は、直ちにニューヨークの千鳥光彦にあてて、手紙を書いた。

……その蔵書票は、仙台のクズ屋のタテ場から発見した本に貼られていたこと。また、その本が特殊な内容のものであったこと。

蔵書票を剝がしたら、三行の文字が出て来たこと。

彼は、その事実を正直に告げて、

『波に千鳥と云う模様から、そして貴方の姓からも、決して無縁の方とは思われませんが、一体どう云う経緯があるのか、その辺のところを委《くわ》しくお書き頂けたらと存じます。

この一年あまり、あと二冊、この蔵書票を貼った書物があることを信じ、さんざん手を尽して参った者です——云々』

と書き添えた。

こうして、ニューヨークと東京間で、頻繁な手紙のやり取りが始まった。そして判明したことは、次のような事実であった。

千鳥光彦は、現在、三十歳台で、ある商社のニューヨーク駐在員である。

父は、平凡な教師で、校長を最後に引退し間もなく死亡した。

その父が、篋底《きようてい》深く納い込んでいる一冊の本があることを、中学時代に知り、読もうとしたら、激しく叱責された。

父は、

――わしが死んだら読むがいい。

と云って、その蔵書票を示し、

――これは手彫りのものでな。この世の中に三枚しかないのだ。いわば、わが千鳥家の家宝じゃ。

と自慢した。

隠されると、読みたくなるのは人情と云うものだ。

高校生の夏休みに、千鳥光彦は、その本をとりだして読む機会をもったが、その時の感想は、

〈これが家宝だとは、オーバーな！〉

と云ったものであった。

初版にして発禁という、奇しき運命をもった『ふらんす物語』だと云うことは、知らな

かったからであろう。

彼は、その〝蔵書票〟の方に、値打ちがあるのだろうと考え、だから波に千鳥のその模様を、鮮明に記憶していたわけだ。

父・雄二は、三人兄弟の真ん中である。

祖父は、内務省の高級官僚だったが、自殺したと聞いている。

父の兄は、英一と云って、百貨店につとめ重役になったが、終戦後に病死した。

父の弟は豪三と云う名で、軍人だったが、のち北海道で酪農に従事し、おなじくガンで死亡。

父は何故か、祖父のことを、あまり語りたがらなかった。理由は判らない。

高輪と云うのは、伯父が住んでいた家のことであろう。父も、そこで生まれている。

……千鳥光彦との、手紙のやりとりで、笠井が得た情報とは、以上のようなものであった。

しかし、これで事情がハッキリして来たから、彼は奮い立った。

そして、彼が入手した『その弐』と書かれた『ふらんす物語』は仙台支店から、ニューヨークへ赴任する際、千鳥光彦が、家財を処分し、クズ屋に払い下げたものの中に混っていたことが確認されたのだ。

笠井菊哉は、伯父にあたる千鳥英一、そして叔父の千鳥豪三の遺族を、追跡しはじめてゆく。

これは案外に、簡単だった。

区役所の戸籍簿のほかに、住民登録、転出届けというレッキとした記録が、残されているからである。

英一が死亡したのは、昭和二十三年。

そして家族は、昭和二十六年まで、高輪の家に住んでいたが、それを売却して、散り散りバラバラになっていた。

英一の長男は、福岡で公務員をしている。

それを突きとめ、笠井は、古本を仕入れがてら、九州へ旅に出た。

この人物は、父英一から、祖父のことをかなり聞き出していたらしく、いろいろと教えてくれたものである。

「……ええ、祖父は内務省の高級官僚だったんです。たしか政友会派だとか、聞いています。伊藤博文が、ハルピンで殺された時も、一緒に随行していたそうですよ」

「オットセイの皮なんかも、その時、手に入れたのかも知れませんね。父が、祖父ゆずりの、ラッコの裏毛のついたオーバーを、着ていましたから……」

「祖父は手先の器用なところがあって、いまで云う日曜大工と云うんですか、簡単なテーブルや椅子など、自分ひとりで作り上げていたそうです」

「……艶本の蒐集については、初耳です。ただ、その蔵書票は、見たことはあります。ですが、中身を読んで、むかしの発禁本と教えられてから、私は公務員ですし、祖父のように他人の罪をひっかぶって、自殺するような真似はしたくないので、物好きな川瀬と云う男に譲りましたよ……」

「川瀬は、佐賀で書店を経営しています。祖父は内務省にいたので、押収した『ふらんす物語』を、三部ぐらい自分の手許に残しておくこと位、ヘッチャラだったんじゃアないですかね」

英一の長男は、笠井の質問に、てきぱきと答えて呉れた。

笠井菊哉は、佐賀へ行った。

川瀬は、新刊書を扱う店を経営していた。

そして彼の来意をきくと、

「決して、お譲り出来ません」

とキッパリ云った。

「そうじゃないんです。このような事情が判明したんです……」

彼は、それまでの経過を語り、

「ですから、蔵書票を剝がして、その下の文字を読ませて頂くだけで結構です」

と云った。

相手は納得したが、彼が霧を吹いて、それを剝がす間、まるで刑務所の看守のような目付きで、背後から監視している。

絹針を使って、やっと、それを剝がした時でさえ、まだ半信半疑の面持ちだった。

愛書家によくある、猜疑心のつよいタイプなのであろう。

「ご覧なさい。やはり、出て来ましたよ」

彼は、指さした。

そこには、次のような、三行の文字が刻まれていた。


『われ死して後、千鳥家に経済的な危機あらんことを案じ、兄弟三人に頒ちて与う。父は罪人なり。されど、私利私欲に走りた』

〈うむ！　これで〝壱〟と〝弐〟は、繫ったぞ！〉

笠井菊哉は微笑した。

そして、幻の本が佐賀に一冊あることを知ったのである。

……ここまでは、順調だったが、手を焼いたのは三男豪三の一家だった。

軍人だけに、律義者の子沢山であり、北海道で豪三が病死したあと、その子供たちは、日本国中に四散している。

豪三の妻は、死亡届けがまだ出てない模様なので、直接、彼女に訊いた方が早いと思った笠井は、その遺児たちに手紙をかいて問い合わせた。ところが、本人が見当らないと、差し戻されてくる手紙の方が多いのだ。

たった一通、石川県七尾市だったかに、嫁に行っている次女から、返事があった。

『母は先月、養老院で老衰のため、死亡いたしました。どのような用件にて、母をお探しかを承りませねば、お問い合わせには、応じかねます』

短く、そっけのない、ハガキの文面であった。

しかし、ここまで来たら、笠井としても意地である。

彼は、七尾市へ赴いた。

次女は、輪島美代子と云って、農家に嫁いでいた。

彼は、蔵書票のコピーを示し、

「お父さんが、こんな紙を、裏表紙の内側に貼りつけた本を、持ってませんでしたか？」

と訊いた。

美代子は、

「さあ……どうだったかしら？」

と首を傾げ、

「私は記憶がないけど、二番目の兄さんだったら、本好きだから、知っているかも知れない……」

と云う。

それで笠井菊哉は、

「若し問い合わせてお持ちだったら、三万円で引き取りますと、お伝え下さい」

と名刺を置いて帰って来た。

なにか帰りの列車の中では、不吉な予感がしたことを憶えている。

そして、その予感は的中した。

七

……ハッハッハ。

私が、三万円で引き取ると云ったのが、悪かったんですねえ。

さっそく美代子さんが、全国の身内に、問い合わせたんです。

いろいろと、複雑な一家でしてね。

四男三女の兄妹なんですが、長男は牧場を手離して、季節労働と云うんですか、出稼ぎに出て、飯場を転々としている。

次男坊は、青森市内でバーテンダーをしているんだが、店を移ってばかり。

三男がややまともで、伊豆七島で小学校の教師をしてました。

四男となると、皆目、行方がわからない。

長女は、夫を刺傷し、子供を殺したと云うんで刑務所暮しでしょう。

次女は、農家へ嫁ぎ、三女は上野のキャバレーのホステスでした。

一家離散とは、よく云ったもんですなア。

しかし、そこは血の繋った兄弟で、

——横浜から、笠井と云う男が、父の残した本を三万円で買いに来た。

と云う報告が、美代子さんから飛ぶと、大変な騒ぎになったらしいんです。

件の『ふらんす物語』は、予想もできないところにありましたよ。

いいえ、兄妹の手許には、残っていなかったんですよ……。

しかし、三万円の金になるというので、手わけして探したらしい。そしたら、長男が牧場を手離した時、なんとそんな高価なものとも知らず、ガラクタ扱いして、置いて来たのかも知れない……と云う結論が出た。

青森にいる次男坊が、牧場の買い主のところへ走らされる。

『ふらんす物語』の値打ちは、牧場の買い主にだって判りゃアしません。

食堂のテーブルの一本の脚が短くて、傾いで困る。

それで、テーブルを平らに保つために、その短い脚の台に使っていたと云うんですから、

『ふらんす物語』が泣きますよね……。

──それを持って行かれたら困る。

──いや、大切な忘れ物だから返せ。

と大喧嘩した挙句、やっと五千円を支払って買い取ったらしいんです。

次男坊の方は、五千円をテーブルの脚代として支払った上に、旅費を使ったんだから、

──四万円なら売る。

と、私に手紙して来ました。

私は直ちにオーケーして、

──往復の旅費を支払うから、すぐ持参して欲しい。

と云ってやりました。

すると、人間と云うものは、欲が働くんですねえ。

もっとも、私もそうですが。

彼は、上京するなり、上野の古本屋へ入って、その本を値踏みさせたんです。

古本を扱っている仲間なら、誰だって『ふらんす物語』が〝幻の本〟だと知っていますよ。ただ牧場の土間のテーブルの、下敷きになっていたものだから、湿気ちゃって、ボロボロになっている。

それを計算に入れて、

——五万円なら。

と値をつけた。

次男坊は、仰天したらしいですね。

横浜まで行って、四万円で売ろうと思っていた、こんなボロボロの本が、上野あたりで五万円と云う。

よし、そんなら……と云うので、神田の古書店に行った。

すると即座に、

——十万円なら頂きます。

との返事です。

また奴さんは腰を抜かした。

次第に欲が出て、三、四軒歩き廻ると、なんと二十万と云う値がついた。

まあ、仮にA書店と云う名前にしておきますがね、金を支払うにあたって、事情をきいてみると、私の名が出て来た。

そこで相手を待たせておいて、私に問い合わせがあったんです。

ええ、仲間の仁義ですよ。

掘り出した功労者は、この私なんですし、それを知らなければ、A書店だってポンとすぐ代金を支払っていたでしょう。

私は、

――旅館代を支払うから、支払いを一日、待って欲しい。

と云い、次男坊を神田の旅館へ案内して貰ったんです。そして翌朝、はやる心を押えつつ、A書店へ行って話をつけた。

つまり談合の相談ですな。

ノコノコやって来た次男坊の、差し出す本をみた時には、がっかりしました。買う気すら、なくなった位です。

テーブルの脚の痕が、くっきりと残ってんですから、あれは〝本〟ではない。

私は、蔵書票を剝がしました。

そして、

『庭の北隅に残せり。一族に大事あらば、三人して甕を掘出し、これを使え。銀杏の根元より右へ三歩、塀の直ぐ傍の地点なり』


と云う文句を発見するんです。

つまり、上司の罪をひっかぶった謝礼金を貰ったんでしょうな。

そして彼等の祖父は、紙幣では湿気てしまうと思って、金のノべ棒に換え、甕に詰めて庭に埋めたんでしょう。

装丁した三冊の『ふらんす物語』に、その秘密を刻み込み、手製の蔵書票を貼りつけ、三人の遺児に残したあと、自殺したものと考えられますねえ。

しかし三人は誰も、その父の暗号を解かずに他界したわけです。

誰も、気づかなかったんでしょうかねえ、〝人の行く、裏に道あり、花の山〟と云う言葉の意味を——。

孫の次男坊は、その秘密を教えられると、呆然となっていましたが、持参した『ふらんす物語』を売らない、と云いだしました。

——これは、祖父が残した大切な遺書だ。他人の家を訪ねて、庭の北隅を掘らせて貰うためにも、そして、その純金のノベ棒が自分の物だと主張するためにも、この本は必要だ……。

と云うわけです。

バーテンダーをやっているだけあって、そんな点、よく頭の働く男でしたね。

私は、

——では、甕を掘りあてたら、Aさんか、私に連絡して呉れ。

と云って別れましたがね、ええ。

あまり買う気もなかったんですが、この〝幻の本〟が、どこの、誰の手に渡るかだけは、知っておきませんとねえ。

これが、商売なんですから……。

——え？　純金のノベ棒ですか？

これが、大笑いなんですよ。

苦心して、祖父が住んでいた高輪の地番を探し当てたらしいんです。ところが、行ってみると、そこには巨大なマンションが建てられていて、どこが嘗ての祖先の家の庭の北隅なのか、サッパリわからない。まさか十階建のビルを退けるわけにも、ゆかないでしょうが？　ハッハッハ。

悄然として、訪れて来た次男坊を、A書店は足許をみて、十二万円に値切り、それを手に入れたそうです。

敵も、さる者ですねえ、ハッハッハ。

第三話　春《はる》朧《おぼろ》夜《よ》嶺《りん》上《しゃん》開《かい》花《ほう》

一

……その日も羽田国際空港のロビーは、混雑していた。

見送り人で混雑しているのではない。

その大部分が、グアムとか、香港、ハワイなどへ飛び立つ乗客なのである。

〈なるほど。日本は、たしかに経済大国になった……〉

と、笠井菊哉は、そう思う一面、

〈だが、大東亜戦争の時と同じく、また日本は石油で泣かされている。この分では、円はまた三百円以上に暴落だな……〉

と反省した。

大東亜戦争は、軍備を強化し、満州から中国へと侵略を開始した日本を、エネルギーの面で封じ込めようとしたイギリス、オランダそしてアメリカなどの石油資本国が、

——日本には石油を売らない。

と宣言したことから始まったのだと、笠井は記憶している。

石油がなければ、軍艦も、軍用機も、使用できないのである。

むろん、軍用トラックも、戦車も、すべて動かない。

その上、アメリカは、資金凍結令と云うものを布告して、日本がアメリカに持っている財産を、すべて凍結する——つまり、国外に持ち出させないと云って来た。

近衛内閣は辞職し、東条内閣が成立したのは、そのためである。

英・米・仏・蘭の四カ国は、東南アジアの資源に目をつけていた。

日本は、たしかに満州を独立させると云う名目で手に入れ、ついで中国を目指した。

国と云うものは、所詮は、領土——つまり資源の確保である。

その証拠に、アメリカ合衆国は、インディアンを殺戮し、その土地を奪い、今日の繁栄を得ているではないか。

中南米しかり、アフリカしかりである。

なにも日本だけが、侵略したのではない。

石油の供給ルートを断たれた日本は、止むなく宣戦布告をするのだが、戦後の歴史家はこの辺の事情を審《つまび》らかにしないで、ただ戦争とは悪いものだ……と云い続けている。

笠井菊哉は、なにも右翼的な思想の持ち主ではない。

しかし、その辺のところは、客観的に見て欲しいと思うのだ。特に学者には——。

戦争が、悪いものだと云うのであれば、ベトナム戦争はどうなる。

なぜアメリカが、あそこまで介入しなければならなかったのか。

笠井の私見によれば、あれは、二つの理由があってのことだと思う。

一つは、中共を封じ込めるための基地を、アメリカとしては確保しておきたかった——

つまり、戦略上の理由だ。

アメリカにとって、中共は無気味な存在であり、またソ連も同様であった。

なにしろ領土が広大で、人口も多いだけに始末がわるい。

そこでアメリカは、韓国、日本、台湾、フィリッピン、ベトナムと云う防御ラインと云うか、封鎖ラインを布いて、太平洋に進出して来たら、いつでも攻撃するぞ……と云う戦略体制をとったのだ。

朝鮮動乱を起したのも、かつての日本と同じで、あわよくば北朝鮮から満州を占領し、いつでもソ連、中共を攻撃する拠点をつくりたかったからなのだろう。

なにしろ、中共にしろ、シベリアにしろ、未開発の土地である。

資源は、どの国だって欲しいのだ。

その証拠に、中共でも大油田が幾つも発見されたし、ソ連のシベリアでも、天然ガスや油田が発見されている。

つまり、エネルギーを握った者が、地球上の勝者となるのだ。

かつての日本は、そのエネルギー源を断たれて、アメリカに宣戦布告をした。

児戯に類する譬えかも知れぬが、米屋に前金を払って、毎日、高い米を買ってやっていたのに、とつぜん、

——米は売らない。前金は没収する。

と云われたら、誰だって頭に来るだろう。

裁判所（当時は国際連盟と云い、日本は脱退していた）に訴えようにも、その資格がない。

となると、腕力に訴えるよりないではないか——。

ベトナム戦争に、アメリカが介入したもう一つの理由は、経済的な国内事情があるのだと笠井菊哉は思う。

かつての日本人は、金は使わずに、貯めるものだと考えていた。

ところが、経済の仕組みは、そんな簡単なものではない。

ルーズベルト大統領が、ニュー・ディール政策で不況を乗り切ったように、国の景気振興には、呼び水が必要なのだ。

呼び水とは、井戸のポンプの水が出ない時、さしてやる水のことだが、そうすると、水がスムーズに出て来る。

つまり、与えたあと、ふんだくればよいのであった。

アメリカは、いろいろな人種が、犇《ひしめ》いている国だ。

生粋のアメリカ人とは、インディアンであるが、日本のアイヌの如き存在になってしまっている。

これらの人種、思想、風俗、習慣の違う人間たちを、統治するには、常に危機感を与えておかねばならぬ。

その危機感とは、戦争である。

つまり、国民大衆の目を、そっちの方へ向けさせるのだ。

ただし、自分の国内で、戦争をやられたのでは、大混乱が起る。

そこで〝国連〟と云う美名に隠れて、他国で戦争を起す。戦争が起きたら、兵士が動員される。

すると、どう云うことになるか。

先ず、武器、弾薬、燃料が要る。ジープ、ジェット戦闘機、戦車、火砲などが投入される。

また、それらを運ぶ船舶が必要であり、兵士たちの衣服、食糧、大量の石油などが必要になってくるのだった。

そのため、国内での産業需要は、活潑になって来る。失業者もなくなり、国民の不平は消滅する。

なにしろ、戦争だからだ。肉親が、ベトナムに送られ、戦死するかも知れないと云う不安感もある。しかし一方では、景気はいいのだから、国民大衆は、なんとなく安心しているのであった……。

笠井菊哉は、そう考えている。

だから、ベトナム戦争が終ったら、またイスラエル紛争が起きたではないか。

ベトナム戦争もそうだったが、イスラエル紛争も、背後にあるのは、ソ連とアメリカである。

これは戦略上の勢力争いであって、カナダとか、オーストラリアで戦争が起きた——しかも他国が介入してである——と云う話を、未だ嘗て笠井は耳にしたことがない。

なぜなら、それは戦略的に、意味がない土地だからだ。

——さて。

米国へ宣戦布告した日本は、先ず、真珠湾にいる極東艦隊を叩いておき、ついで香港、マニラと南進した。

これは、南方の資源（つまり石油エネルギー）が欲しかったからに他ならない。また、大東亜共栄圏と云う思想も、東洋人の手で、東洋を守り、自立しようと云う考えから、誕生したのだと解釈している。

しかし本当の意味で云えば、戦略的には間違っていたのだ。

先ず、ハワイを占領し、ここを拠点としてメキシコと同盟を結び（メキシコは、テキサス、カリフォルニアなどを、アメリカに取られているから、怨みがある）、西部の日系人と呼応して、一挙にアメリカ本土に攻め入れば、よかったのである。

そうすれば、アメリカ西部の石油資源を、確保できた。あとは、地上戦だから、日本軍としては、お手のものである。

……それを、南の島々に、勢力を分散させたがため、戦争を長びかせ、資源不足から日本は敗れてしまったのだった。

白人たちが、アメリカを占拠したように、東洋人を結集して、アメリカ西部を占拠すればよかったのである。

笠井は、そんな昔のことを思い泛《うか》べつつ、

〈また、二の舞いをしようと云うのに、日本人は呑気なもんだな……〉

と苦笑していた。

こんどの石油危機だって、これは石油カルテルの仕組んだ罠だと、彼は考えている。

アラブ側が、表面に立っているが、その裏には、ソ連とアメリカがいる。

日本は、資源のない国だった。

他国から、いろんな資源を買い入れて、加工して輸出し、それで今日のような経済大国になったのである。

これを支配するものは、すべて石油であった。石油が、火力発電所の根幹であり、あらゆる化学産業の原料となっているのだ。

その経済大国の日本……ドルの保有高を誇る日本に、これ以上、大きな顔をさせまいと思えば、石油の値上げと、輸入額の切り下げしかあるまい。

笠井は、ユダヤ系（石油の大資本は、殆どユダヤ系によって握られている）のキッシンジャーが、ソ連に飛んだ時に、

〈これは、なにか起るな〉

と思った。

すると案の定、アラブ側の強硬な石油制限である。

ソ連としても、値上げとなれば、現に日本に石油を売っているのだから、損はない。そしてアラブ諸国は、ソ連が後楯として、ついている国家なのであった。

古本を扱いながらも、笠井菊哉は、それ位の国際感覚は持っている。

いや、寧ろ、そんな新しい感覚があればこそ、古きものの値打ちがあると、云えるのかも知れなかった。

〈昔だったら、また戦争だな！　しかし、いまの若い人は、幸福だ。徴兵もないし、こうやって、グアム島だ、香港だと、海外に旅に出られるのだから……〉

笠井菊哉は、憮然とした。

だが、彼だって、古本屋仲間と一緒に、韓国へ旅行するところだったのである。

二

「やあ、早いんだね……」

そう声をかけて、待合室のバーのカウンターに坐っている笠井の肩を敲《たた》いたのは、一誠堂書店の小柳である。

小柳は、すでに還暦を迎えていた。

いわば一誠堂の番頭格の人物である。

昭和六年、上野の図書館職員養成所（いまの図書館短大）に入ったのだそうだが、学生は二十二名なのに、なんと先生は五十五名もいたと云う。

そして博士号をもつ先生は、十六人もいたと云うのだから豪華版である。

しかし卒業と同時に、兵役に服し、除隊した時には就職口がなかった。

それで知人から、

「図書館も、古本屋も同じことじゃねえか」

と云われ、その紹介で、先代の一誠堂の主人に会い、就職が決まった。

たしか昭和八年だったと聞いているから、この道四十年の大ベテランである。笠井としては、全くやりにくい相手だ。

当時は、着物、角帯、前垂れ姿で、先ず店番としてこの道のスタートを切った。根っからの本好きで——もっとも、そうでないと勤まらないが——小柳自身、相当にいい本を所蔵している。笠井が狙っている本も十冊ではきかない。

「また、不況が訪れそうですね」

笠井は、セドリー・カクテルを飲みながら小柳に云った。

「そうなると、われわれの商売が繁昌する時だ。不況の時ほど、アレレと思うような逸品が出て来るからね。大体、〝古〟と云う文字のつく商売は、不況の時に強いんだ……」

小柳は、そう云って微笑した。

不況になると、不要品を売却する人が出てくる。骨董品、書画などを、売る気になるのである。

おそらく先祖譲りの品だとか、亡夫の残した蔵書なのであろうが、不況のさなかだから値下りしている。

だから売り手は、損をするのだ。

買った側は、値打ちを知っているから、店頭には出さず、不況の嵐が通り過ぎるのを、じっと辛抱して待っている。

景気が回復した時、それは、三倍、四倍の値段となって右から左に売れるのだった。

このあたりが、古本を扱う人間の、いわば醍醐味である。

小柳は、それを云っているのだった。

「遅くなりまして……」

と、若々しい声が聞えた。

八木書店の松木であった。

まだ三十代の青年で、颯爽としている。

父親が、小柳のいる神田の老舗——一誠堂の出身で、松木が大学に在学中、一軒の店を買い与えて、

——古書をやってみろ。

と云われたのだそうだ。

はじめは、ズブの素人だったので、仕入れの方法も判らなかった。

父親も、なにひとつ商売のコツを教えず、自分の店から、たった一人の番頭を、助ッ人に寄越しただけだったと云う。

おそらく息子を鍛えるために、そんな荒っぽいやり方をとったのだろうが、笠井が、

〈ほう、若いのが来たな……〉

と、昔の自分のことを思いだしつつ、観察していると、一冊の本も買わずに帰って行くことが多かった。

恐らく、セリの発声が出来ず、また、どんな本を買ったらよいのか、わからなかったのだろうと、笠井はみている。

セリ市は、正確には、「振り市」と、「入札市」とに分かれている。「振り市」は言葉に出してセルことだ。セリに立った人間が、本を手にして振りながら、値をセリ上げてゆくので、その名称がついたのだと思う。

「入札市」は、高価な特殊な本に、多く用いられる方法である。そして業者が、入札値と、書店名とを、それぞれ紙に書いて袋に入れ、最高値をつけた者が落すわけだ。

しかし古本市は、振り市が主体だから、セリ声に合わせて買い手が素早く値をつけないと、一声で決まるケースが多く、駈け出し者は、戸惑ってしまう。

いわば、ベテランでないと、たじたじとなるのだ。

それには、本の値打ちを、よく知っていることが肝要である。

また、振り市の雰囲気と云うか、熱気に押されて、カッカとならないことも大切であった。

むかし若かった頃、笠井が逆上して、三十五円でセリ落したところ、なんと自分の店に同じ本が、三十円の正札をつけて本棚に入っていたことがあった。

雰囲気に、煽られたのである。

〈買い損うまい〉

と思うがために、二十五円の相場の本に、ついつい三十五円の値をつけたのだった。

また、振り市では、体力と、声が大きくなければならないと云うマイナス面がある。

だから、老人には勤まらない。

その点、入札市は、品物を下見して、欲しい本の下に、金額、書店名を書いて封筒に入れて置けばよいので、近頃は、ずーっと楽になった。

ただし、誰がどんな値をつけたか判らないと云う、うらみはあったが——。

しかし、八木書店のジュニアも、立派になったものだった。

明治時代に刊行された『法規分類大全』と云う本がある。

そのうち、笠井の手持ちでは、一巻だけ欠けていた。

それが、たまたま珍しく振り市で出た。

笠井が、セリ人の、

「十五万、ええ、十五万」

と云う声に、すかさず、

「二十万！」

と値をつけると、松木が、大幅に値を吊り上げて、

「三十万！」

と云った。笠井は仕方なく、

「三十万五千！」

と叫ぶ。すると、松木は、

「三十五万！」

と法外な値をつけたものだ。

こうなったら、笠井も意地だ。こんな若僧に負けてたまるかと、

「四十万！」

と叫んだ。

すると一誠堂の小柳が、

「四十一万！」

と云った。十万から、四倍に、はね上ったのである。

八木書店のジュニアは、悠然と、

「四十五万！」

と値をつける。

「四十五万五千！」

笠井は、松木を睨みつけた。

しかし相手は平然として、

「五十万」

と云う。さあ、こうなると、大変である。

いわば株で云うチョウチンがつくと云うやつである。買う気がない者までが、小刻みな値をつけてくる。

とうとう六十万円にまで、なってしまったから笠井はトサカに来て下りた。

しかし値は更に高騰しつづけて、松木ジュニアは、七十万円で落札したものである。

あとで笠井が、松木に、

「あの本の価値は、せいぜい三十万円ぐらいだよ……」

と、たしなめると、松木はニヤリとして、

「おや。うちが、お宅から一括買いしてあったのを、ご存じないんですか?」

と云ったのだった。

慌てて横浜の店に電話を入れてみると、女店員が本の棚が寂しくなったので、勝手に倉庫から持って来て埋めたのだと云う。

そこへ松木ジュニアが、ふらりと訪れて、

「これ、貰います」

と女店員に云った。

値段は、符牒で書いてあったが、そんなことは先方、先刻お見通しである。

符牒は「八」であった。

笠井は、すぐに売る気もなく、倉庫の棚に並べてあったのだが、紐をかけて、ひとまとめにしてあったのが失敗である。

女店員は、古本の値打ちを知らない。

悪いことに、営業部長も食事に出かけて不在であった。

女店員は、値の高い棚に並んでいて、しかも符牒は「八」だから、八万円だと思い、その値で同業者の松木に売ってしまっていたのである。このところ旅行がちで、ろくろく帳簿も、倉庫の中も覗いていなかったが為に、そんな喜劇が起ったのだった。

笠井としては、八十万円の積りだったのである。

それを、たった八万円で売るとは！　仕入れ値だって、四十万だったのである。

欠巻本が一冊だけ手に入れば、百万にはなると見越して、さる大学教授の未亡人から買い入れたのであった。

この時ぐらい、笠井は地団太を踏んだことはない。

数日後——松木ジュニアは訪ねて来て、

「あの法規分類大全……J大学に、三百万円で納めました。これ、お礼です」

と、百万円の小切手を、笠井の留守中に置いて行った。

三百万とは、よく吹っかけたものだが、謝礼として百万円を届けて来た松木ジュニアも天晴れである。

彼は、女店員が、値を間違えたことを、知っていたのであった。

三

「やあ、お揃いですな。高速道路で、事故がありましてねえ……」

小宮書店の小宮が、ゆったりした足取りで、バーのカウンターに近づいて来た。

そして、あたりを見廻し、

「一心堂さんは？」

と笠井に訊いた。

一心堂と云うのは、十三歳から易者となって、二十六歳で古本屋の仲間入りしたと云う変り者である。

なんでも、昭和十八年から二十年にかけて毎日二時間、石の上に坐禅を組み、日本の敗戦を予知したと云う。

話し好きだが、業界では、一匹狼の方であった。

赭ら顔で、一見、酒好きにみえるが、一滴の酒も飲まない。いわゆる太鼓腹であるが、食通ではない。

ある早稲田の学生が、

「そのお腹には、なにが詰ってるんだね、親爺さん」

と訊いた時、即座に一心堂は、

「本の虫さ」

と答えたと云うエピソードがある。

「彼は、来ないそうですよ。どうも、易の卦がよくないとかで――」

笠井菊哉は、小宮に云った。

小宮は、一誠堂の出身である。

たしか昭和三、四年の頃だと云うから、彼が十九か、そこいらの年齢だったのだろう。

一誠堂の先代は、新潟出身なので、自分の県から小僧を雇い入れていたらしい。

小宮も、新潟県長岡の出である。

笠井は、東京の同業者仲間では、小宮と一番仲がよい。

それでよく、昔話を聞いたものだ。

……小僧時代、本を覚えるのに役立ったのは、定価書きの仕事だったと云う。

店の大戸をおろしてから、番頭の云う通りに、仕入れた古書に、値段を書き入れてゆくのだが、この労働のために、知らず識らずのうちに、古本の見方と云うか、値踏みを身につけることが出来たのだそうだ。

その点、笠井菊哉は、一人歩きだったから苦労したわけである。

また小僧の仕事の一つに、〝落丁繰り〟というものがあった。

これは五枚ずつ、頁をめくって行く。すると常に偶数が出るようになっている。若し、奇数が出たら、その五頁の中に、落丁があると云うことになる。そうなると、その本は売らない。

これが昔の古本屋の仁義であった。

落丁を見抜けずに、仕入れた自分の方が悪い。その悪い品を、客に売っては申し訳ないと云うわけだ。

だから昔はよく、店頭に、落丁本と云う断り書きをして、五銭とか、十銭で売っていたものである。

「すると、あと誰かな?」

小宮は、独り言のように云った。

「山田書店さんですよ」

松木が教えた。

「ああ、先輩かあ……」

小宮は、ちょっぴり首を竦めた。

山田書店の田島も、一誠堂の出身だった。

たしか山口県の出身で、小宮、松木ジュニアの父などより早く、一誠堂に入っている筈だった。

だから、先輩と云ったのだろう。

田島は、二十歳で上京し、積文館と云う出版社に入ったが、不況のさなかでもあり、浮き沈みの激しい出版界よりは、古本屋の方がよかろうと判断して、一誠堂に飛び込み、

——勤めさせて欲しい。

と、じか談判に及んだのだそうな。

その時、主人は不在で、奥さんから、

——人手は足りてるから要らない。

と断られたのを、無理に粘って、強引に就職したのが、この道に入るキッカケだった。

現在と違い、その当時は、まったくの丁稚奉公である。

朝早くから、夜遅くまで働きづめだ。今日では想像もつかない状態であった。

朝は五時に起きる。

そして先ず便所の掃除。ついで店の掃除。それから、やっと朝食である。

朝食と云っても、味噌汁にタクアンだけの粗末な献立であった。

開店は、朝の九時。閉店は夜の十一時。

店を閉めたからと云って、丁稚の仕事は終ったわけではない。破損本の修理と云う仕事が待っている。

だから寝るのは、午前一時ごろになった。睡眠時間は、平均四時間である。笠井は、学生の頃、よく古本屋で店番している小僧が、居眠りをして、船を漕いでいるのを目撃している。

そんな労働の内情を知らず、

〈猫と、古本屋の小僧は、よく居眠りをするもんだ……〉

と考えていたが、田島から昔話を聞いて、

〈なるほど、そうだったのか〉

と思ったことである。

そんな苦労を舐めた山田書店の田島が、せかせかした足取りで入って来たのは、ソウル行の直行便の出発が、アナウンスされた頃であった。

「やあ、心配かけましたな」

田島は、みんなに頭を下げた。

これで小柳、松木、小宮、田島、笠井とメンバーは揃ったわけである。

今度の旅行は、親睦をかねてと云う意味もあるが、韓国の出版界の現状を視察し、ついで日本ではもう入手できない写本などを、発掘できないか……と云う、商用を兼ねての旅行であった。

韓国は、朝鮮動乱のために、多くの貴重なものを焼かれている。

しかし、全土を焼き尽されたのではない。半数以上は残っており、それらは寺刹や、旧家の蔵に納い込まれた儘になっている筈である……と云うのが、笠井菊哉の意見であった。

その証拠に、ソウルの古道具屋で、何気なく買って来た古い印材が、実は翡翠であったり、子供の土産にと求めた硯が端渓であったりしている。

古書の方は知らぬが、なにかあるだろう、と笠井は見ていた。

それで五人を誘ったのである。

一人は来なかったが、これはまあ、仕方あるまい。

一行は、アナウンスに導かれて、ゲートに行った。

スケジュールは、先ず、ソウルに飛んで三泊し、ついで自由行動が三日、最後は釜山で落ち合い、大阪空港で解散……と云う一週間の日程である。

笠井は、ソウル滞在中に、大学の図書館を見て歩こうと、その方面に委《くわ》しい新聞記者への紹介状を貰ってあった。

彼は、昔からそうなのだが、名所旧跡を見て歩こうと云う気はない。

それは絵葉書でも見たら、済むことだ。

問題は、その土地に、どんな歴史があるかを知ることであった。

それが古本を嗅覚で探り当てる時の、大切な要因となる。

「よく晴れてますね、今日は……」

松木が感心したように云った。

「本当だ……。自動車の規制をした所為《せい》だろう」

小宮が、空をふり仰いだ。そして五人は、タラップを昇っていった。

四

空港には、旅行社の人が出迎えていた。

「やあ、崔です」

相手は五人に名刺を手交し、

「では、車で——」

と頭を下げる。いかにも手馴れた感じで、笠井は、それを眺めて、

〈よほど多くの、日本からの観光客を扱っているんだろうな〉

と思った。

車は六人乗りの外車である。

崔は軽くハンドルをさばきながら、

「このあたりは、むかしの金甫空港の基地で特攻隊の靖国隊が出撃したところです」

などと云う。また、

「ここは竜山と云って、日本の軍隊が、いたところです。第二十師団、陸軍倉庫、憲兵隊などがありました」

と説明する。

笠井菊哉は、なにか過去の傷を触られるようで、少しく不愉快になった。

五人の宿舎は、アメリカ大使館の前にある半島ホテルである。

そして笠井は、崔と云う青年が、皮肉を云ったのも無理はない……と悟るのである。

ノーキョウか、どうかは知らないが、日本からの観光客が、うようよいる。そして、みんな我が物顔である。

〈俺は、経済大国の日本人だぞ〉

と云う面魂で、傍若無人に、しかも日本語をわめき散らしているのだ。

笠井は、外国へ来ていることも忘れて、日本のホテルへ這入って来たのではないかと、錯覚した位である。

〈ふーむ。これでは、石油で苛められても仕方ないのかなあ……〉

彼は考え直した。

ホテルの、笠井の部屋で、一週間のスケジュールの打ち合わせが行われた。

みんな何喰わぬような顔をしながら、それぞれに計画を持って来ている。

〈やっぱり、な〉

笠井は微笑した。

みんな大学や公立の図書館を見学したがっている。ソウルの大きな書店、古書店を歩きたがっている。

崔は、

「ウォーカー・ヒルは、どうします？」

と訊いた。

小柳が、

「なんだね、そのファニー・ヒルみたいな物は？」

と逆に質問している。

「もと李承晩大統領別荘で、軍事革命後、観光ホテルをつくった処です。カジノもありますし、ナイト・クラブもありますよ……」

ガイド兼通訳は答えた。

興味を示したのは、若い松木だけである。

「キーセン・パーティも出来ますよ……」

崔青年は云った。

笠井は、みんなを見て、

「折角だから、キーセンを見て、韓国料理でも食べましょうや」

と提案した。それで一夜は、キーセン・パーティと決まる。

観光は、翌日にして貰った。

……こんな風にして、三日間のスケジュールは決定したが、残り三日の自由行動には、各人各様の思惑があるらしい。

崔青年は、

「ではあとで各部屋にお訪ねしますから、待っていて下さい」

とみんなに云い、とも角、解散して貰うことになる。

四人が立ち去ると、崔青年は、不審そうな顔をして、

「みなさん、大学の先生ですか？」

と訊いて来た。

一応、云い出しっぺの笠井が、このグループの団長と云うことになっていたのである。

「そう、見えますか？」

笠井菊哉は苦笑した。

日本でも旅先で、よく先生と女中などに呼ばれる。

人間には、環境によって作られる顔があるものらしい。

そう云えば、農夫はどことなく土が匂うような顔をしているし、漁夫は潮風と魚の匂いとが渾然一体となった表情である。

会社員だって、営業畑で育った男と、経理畑で長年やって来た男とでは、どことなく顔付きが違うのだ。

古書とは云いながら、新刊書と異なり、天平時代から現代に至るまでの、書名、著者名を覚えるのは、大変な苦労である。

たとえば、いま訪れている韓国であるが、『朝鮮見聞録』と云う名前を聞いただけで、

〈あ、黄表紙の上下二冊になった和綴じ本だ。佐田白茅編で……ええと、明治八年、玉山堂が発行元だ……〉

と、パッと頭に思い出せるようにならないと、古書は扱えないのである。

その日その日、取次店から送られて来る新刊本の、梱包をといて棚に並べ、売れ残ったら送り返せば済む……と云う、新刊本屋とはちょっと違うのだ。

仕入れも、セリ値も真剣勝負である。

すべて自分で、責任をとらねばならぬ。

それは新刊本に較べたら、マージンは大きいかも知れないが、ひどいのになると、三年も四年も棚に眠っている本がある。

金利も嵩むが、リスクも大きいのだった。

だから自然と、勉強を積む。そして本に対する目が肥えてくる。

そんなことを云っては悪いが、そこいらの駅弁大学の教授よりは、教養のある人種なの

である。

従って、その知識が顔に滲み出て、大学の先生のような風丰《ふうぼう》になるのかもしれない。

笠井は、崔青年に、

「私たちは、本屋なんです」

と正直に云った。そして、

「朝鮮動乱の時に、被害を蒙らなかった地方で、昔から文教の盛んだった都市を、教えて呉れませんか……」

と依頼したのだった。

それから笠井は、

「残り四人の希望をきいたら、ご面倒でも、そのメモを私に見せて下さい。自由行動をとる旅先で、なにか事故があったときに、家族に連絡をとる義務がありますから……」

と、抜け目なく云っておいた。

敵の手の内を、見ようと云うわけだ。

先んずれば、敵を制すである。

崔青年が、隣りの小柳の部屋に立ち去ったあと、新聞社に電話した。

日本の私大を卒業した、李と云う主筆は、実に流暢な日本語で、

「やあ、お待ちしてましたよ。なんでも、古本探しだそうですな……」

と笑い、

「半島ホテルだったら、目と鼻の先ですからお訪ね下さい。受付で、わかるようにしておきますから」

と云った。

三十分後、崔青年は、笠井の部屋に舞い戻って来た。そして頭を掻いて、

「残りの四人の方々も、あなたと同じようなことを仰有ってます。どうしましょうか？」

と告げた。

笠井は、笑いだした。

〈みんな、やるーウ！〉

と云う感じだった。

「だったら、自由行動をとる必要は、ありませんね。五人で動きます。済みませんが、スケジュールを立てて、車の手配、宿の予約などをして下さい。頼みます」

笠井菊哉は、そう告げた。それから、近くの新聞社に、李主筆を訪ねて行った。

李は、でっぷり肥えた、白象のような顔立ちの人物で、

「今夜の予定は？」

と訊き、彼が今夜はなにもないと答えると直ちに、

「では、行きましょう」

と、コートを着はじめた。

かなり行動的な人物であるらしい。

新聞社の外には、掲示した新聞を読む人々が群がっている。

李はタクシーを停めて、

「日本は、もう春でしょうな」

と、ふと目をしばたたいた。なにかを思い泛べている感じだった。

彼が連れて行って呉れたのは、鍾路の裏通りにある一軒の料亭だった。

自分の親戚筋がやっているので、無理はきくのだが、支払いの催促が厳しくて困ると、
李主筆はまた哄笑した。

日本風な酒が出て、肴が五皿ぐらいテーブルに並んだ。

オンドルの油紙を通して、熱がじわじわと臀部に伝わってくる。

李主筆は、戦争中、学徒兵として出陣し、日本が敗戦の時には、名古屋で輜重兵として
トラックを運転していたのだそうだ。

そんな話から、軍隊時代のことに花が咲いて、朝鮮動乱時代の話、李承晩の圧政の話に
なった。

「まあ、李大統領としては、貧しい韓国の人間の怨みを、日本に向けさせることによって、
自分の政治の不味さをカバーしてたんでしょうがね。民衆と云うものは、常に不平不満を

唱えてます。その捌け場を作ってやらんじゃあ、いかんのですよ……」

李主筆は、そんな云い方をしてから、申し訳なさそうに、

「その李大統領の時代に、かつての日本の書籍は、焼かれてしまいました。中国の焚書ですね。そんな阿呆なことを、彼はやったのです……」

と云った。笠井菊哉は、ガッカリした。なにも韓国へ来る必要はなかった、と思った。これなら、まだ台湾の方が、脈がある。

……そう考えながら、盃を運んでいると、李主筆が不意に腕組みして、

「待って下さいよ……唐や、漢時代の本なら、集めている人がありますよ……」

と云いだした。

戦前は、李王家に仕えて、司書をしていた人物であるが、動乱の時、その李王家の蔵書だけを牛車に曳かせ、自分は着のみ着のままで逃げた奇人だと云う。

「たしか洪在植と云う人です。数年前に、死にましたが、その時、記事になったので、覚えてるんです。全州と云うところに、遺族がいる筈ですが調べさせましょう」

そんな話をしているうちに、二人の妓生が入って来た。

ここの女主人は、舞踊を教えており、その妓生たちは、みんな弟子だと云う。

その中の背のすらりとした踊り子が、胸に金鎖で大切そうに、大きなコインをぶら下げている。

鮮やかな色のチョゴリ（上衣）とは、よくマッチしていたが、ちょっと大きすぎる感じだった。

「失礼。見せて貰ってよいですか？」

笠井は、李主筆に通訳して貰って、そのコインを手にとって眺めた。

直径四センチは、あるだろう。

中央に、四角な孔があいていて、上下左右に、『雪・月・花・風』と云う文字が、鋳出されてある。

笠井が、そのコインの裏を返そうとすると彼女は、慌てて、

「ノウ！」

と叫んだ。

どうしたのだろうと、李主筆をみると、彼はニヤニヤ笑いながら、

「このコインは、新羅時代に、新羅の王族たちが、自分たちだけの遊びのために、鋳造したものでしてね……」

と説明した。

「ほう、なるほど」

「どんな遊びに使ったのかは知りませんが、金と黄銅と半々に鋳造してあるそうです」

「ははあ」

「そして裏面には……なんと云いますか、日本で云う四十八手ですか……男女の体位が、一枚に四つ鋳出されてあるんですよ……」

「ああ、それで彼女が、拒否したんですね」

「多分、そうでしょう。十二枚で一組みになっていて、雪月花の三文字は同じですけど、一文字だけが違うんです」

「へーえ。面白いですね」

「何組鋳造したのかは、誰にも判りません。なにしろ、世界でたった一つのケースなんですから。コインに、男女のセックスの体位が入っているのは……」

「本当ですね」

笠井菊哉は肯いた。

新羅と云えば、崇神天皇の時代に建国され、十七代奈勿王の時に神功皇后に征服された国である。

〈ふーむ! 随分と古いんだなあ〉

笠井は、その時なに気なくそう思っただけである。

五

翌日は、観光であった。

徳寿宮、慶熙宮、昌慶苑……と廻って、宮廷舞踊を見学し、夕方、ウォーカー・ヒルに赴いた。

キーセン・ハウスで食事をとったが、みんな辛いので驚いている。

こう云う時、笠井菊哉は、ふだんは見せない好奇心を示す。本に対しても貪欲であるが、食事に対しても貪欲なのだ。

いままで妻を娶らず、独身で押し通して来たのも、性欲より食欲の方が、先行していたのかも知れない。

妓生たちは親切で、いちいち自分で箸にとって、客の口に運んで呉れる。

「まるで、王侯貴族ですな……」

若い松木は、御満悦である。

ニンニクが苦手な小宮や、田島は、あまり面白くない顔をしている。

崔青年と、松木だけが、イキイキと——水を得た魚のような感じであった。

——翌朝、半島ホテルに、李主筆から電話があって、全州の洪在植氏の遺族の住所を知らせて来た。

「どうも有難う存じました」

と、お礼を云うと、李主筆は、

「あなた……一昨日、新羅のコインに興味を示してましたが、買う気がありますか？」

と、だし抜けに訊いて来た。

笠井菊哉は、曖昧に、

「ええ、まあ……魔除けになるかも知れませんしね……」

と答える。すると相手は、

「一昨日の妓生が、金に困っているんだそうです。五百ドルで手離すと云ってますから、非常に安い買物です」

と云ったものだ。

「えッ、五百ドル？」

笠井は、思わず叫んだ。

五百ドルと云えば、円暴落のさなかではあるが、十五万円である。

「高いですか？」

李主筆は訊いて来た。

「あのコインが、五百ドル……」

「そうです。あなたは、あのコインの値打ちを知らないんでしょう？」

相手は含み笑ってから、

「新羅王朝は、九三五年に高麗に滅ぼされた時、なにより先に、あのコインを始末したと云う伝説があります」

と教えた。

「ははあ、なるほど」

笠井は、肯くよりない。

「問題なのは、雪・月・花の他の一文字なんです」

「と云うと？」

「十二枚で一組ですからね。十二枚、揃ったら、なにか王族たちの秘密が、わかるのではないか……と云われてるんです」

「王族たちの秘密とは？」

「五十三代にわたって、朝鮮半島を支配していたんですからね。金銀財宝だって、いろいろあったでしょう」

「うーん……なるほど」

「その隠し場所を、自分たちが遊びに使うコインに、一字ずつ彫り込んで、いざと云う時には、兄弟親戚がコインを持ち寄ったら、その場所がわかるようになっていたんじゃないですかなあ」

「ほほう。それは初耳ですな」

「だから、伝説です」

「いま、十二枚を揃えている人は、ないんですか？」

「ありません。アメリカのアリゾナ州の富豪で、コインの蒐集狂の人がいて、この人がたしか、四枚か、五枚持っている筈です」

「日本では？」

「藤田と云う人が、一枚、持ってます。あとはいないでしょう」

「韓国では？」

「いままでに、七枚発見されました。そのうちの四枚か、五枚が、そのアリゾナの成金の手許にあります。たしか、一万ドルで買った筈です」

「へーえ、一万ドル！」

「パリに住んで、レストランを経営している李さんと云う人が、たしか一枚、もっています」

「ふーん……すると、そんなに貴重なものなんですか！」

笠井菊哉は、目を丸くしていた。古本には興味があるが、コインなどには、まったく関心がなかったからである。

「アリゾナの富豪は、なんとしてでも、十二枚、集めたがってます」

「ははあ、物好きですな」

「残念ながら、日本の藤田さんのも、彼女のも、パリの李さんのも、彼が持っているコインと同じなのです」

「うーむ……」

笠井は、唸りだした。

「十二枚揃ったのがあれば、一億二千万円で買うと、アリゾナの爺さんは、云っているそうですよ……」

「えエッ！　一億二千万円！」

またまた笠井は仰天した。

一枚十五万円でも、目を剝いているのに、なんと一枚のコインに一千万円を投じる酔興なアメリカ人がいるとは！

李主筆は、しばらく措いて、

「どうしますか？」

と訊いた。笠井は、即座に、

「買いましょう」

と答えた。欺されているのかも知れない。しかし一昨夜の、金玉淑と云う妓生には、なんとなくもう一度、会ってみたかった。

睫毛が長く、鼻筋が細くて高く、色の白い女の子であった。

昨日の、いかにも商売馴れした妓生とは、比較にならない初々しさがあったのだ。

「では、そちらに伺わせましょう」

李主筆は電話を切ろうとした。

「ちょっと、待って下さい。今から、大学などの図書館を見学に行くんです」

彼は、慌てて云った。

「では、何時に伺わせましょうか?」

「そうですね。夕方……五時には、自分の部屋にいます」

「わかりました。でも、良い買物を、なさいました……」

相手は、笑って電話を切った。

大学図書館、市立図書館を廻り、こんどは崔青年の案内で、古書店を歩いた。

かなり日本から流れて来た新刊書はあったが、食指の動くものはない。

「これじゃア、どこに行っても駄目だな」

と、小宮が云った。

大体、値のある古書と云うものは、自然と大都会に集まるものなのである。

そのことは、神田の古本街が、証明している通りだ。地方では、値の判らないものでも
神田に来ると、その値打ちはピシャリと定まっている。

そして、量が多い。

どんな小さな店だって、一万冊内外は、手持ちしている。稀覯本あたりになると、客に
売りたくなくて、自分の家に納い込み、ニタニタしているような本の虫ばかりが、東京神

田の古本街には犇いている。

書物とは、知識の泉であった。どんな本だって、一人の人間の精魂が傾けられている。それだから、貴重なのだ。心底から、本が好きでなくては出来ない。

正直に云って、五人は絶望した。

千字文だとか、唐詩選と云う、虫喰いの漢書はあるが、これならば、日本にだって、かなり残存されており、よく市場に出る。

「ソウルは、失望だな。地方へ行って、探してみよう」

田島が、憮然として告げた。

ホテルへ帰って、しばらくすると、ドアのノックの音が聞えた。

あけてみると、一昨日、李主筆から紹介された金玉淑である。

彼女は、日本語はできない。しかし、英語は流暢である。笠井としても、英語で、たどたどしく応対するよりなかった。

なぜか彼女は上気した顔をしていて、

「弟が、手術をするので、金が要るんです」

と云った。笠井は肯いた。

「五百ドルと云ったね？」

「はい。申し訳ありません」

「なにも謝ることは、ないさ。こちらが欲しくて、買うんだから……」

笠井は微笑しながら、百ドル札を五枚、揃えて差し出した。

すると金玉淑は、

「済みません。一緒に来て下さい」

と云う。

「なぜだい？」

笠井は訊ねた。不意に、警戒心が湧き起って来た。

「ある人に預けて、急場の金を、借りてしまったんです……」

彼女は、消え入りそうに呟く。

「なるほど。その借りた人と云うのは？」

「ある金持の人です……」

金玉淑はそう云って、

「来て頂けますか？」

と、一揖したものだ。

六

なんでも朴と云う人らしかった。標札は、横文字で大理石の柱に埋め込まれている。

〈ほう。大金持らしいな！〉

笠井菊哉は、なんとなく安心した。しかしわけの判らぬ連中が、庭と云わず、家の中と云わず、うろうろしている。

金玉淑は、その洋式の家に入って行って、しばらくすると姿を玄関に現わし、

「日本の方なら、長らく会っていないから、お会いしたいそうですが」

と云う。

笠井は、首を傾げながら、靴を脱いだ。

……あとで判ったのだがその家の主は、ソウル市内のデパートの経営者であった。日本が敗戦したあと、親日家だったと云う理由から、民衆から人民裁判もどきにリンチを受け、ために足腰が立たなくなったのだそうだ。

しかし持ち前の闘志で、電話で部下を手足の如く使い、不死鳥のごとく、実業界に復帰したと云う稀にみる人物であった。

彼女は、この朴家でひらかれるパーティにホステスとして、よく招かれているのであった。その縁で、金を借りたのである。

朴氏は、車椅子に乗っていたが、日本語は達者で、

「あの新羅のコインの値打ちを知っているとは、なかなかの通ですな」

と云い、日本の経済の見通しだの、金大中氏事件の反応だのについて質問して、そのあ

と彼が書籍を扱っている人間だと知ると、

「私は、日本と、アメリカの大学で、勉強しました。しかし、今の子供たちは、日本語が読めない。なんだったら、日本へ持って帰って呉れますか?」

と云いだした。

「ありがとう存じます。でも、折角お持ちの物を――」

笠井は辞退した。

「いや、いや、そうではない」

朴雲史氏は首をふって、

「本は、利用する人があるからこそ、値打ちがあるのです。しかし、私の一族は、英語は読めても、日本語は読めない……。なんと云いますか――そう、宝の持ち腐れです」

と笑った。

〈どうせ、碌な本ではないだろう〉

と、笠井菊哉は思った。

戦争中、李主筆のような韓国人の学徒兵と一緒だったが、まるで碌な本を読んでいなかった。

だから、内心、軽蔑したのだ。

朴氏は、彼の名刺を求めた。

笠井菊哉は、金玉淑からコインを受け取り一緒に朴氏邸を出た。

「さよなら」

彼女は、そう云った。笠井は、自分に云われたのだと思って、

「さよなら。また会いましょう」

と答えた。ところが、彼女は、彼の手首にかかっている金鎖のコインに対して、グッド・バイを告げているのであることが、やがて判った。

笠井は、なんとなく悪いような気がして、

「そんなに未練があるんだったら、返すよ」

と云った。

金玉淑は首をふり、

「それは、あなたにお売りした物です。返して貰うわけにはゆきません」

と首をふった。そう云われると笠井は、十五万円ぐらい、彼女にプレゼントしても構わないような気がして来た。

「では、手術する弟さんの護り符として、プレゼントするよ。病気が癒ったら、そして気が向いたら、この住所に送って下さい」

笠井菊哉は、金玉淑の掌に、その新羅のコインを包み込ませ、一気に駈け出した。坂道を下って来たところに、ソウルの象徴とも云うべき南大門が、のっそりと聳えていた。

戦禍にあっていない地方都市、そして資産家を訪問したが、なに一つ収穫はない。最後の頼みの綱である洪在植の遺族は、ケロリとして、

「あんなもの、邪魔になるだけだから、引越しの時に、クズ屋に売りました」

と云う。

「ヤレ、ヤレ。なに一つ、収穫なしか！」

小柳が、文句をつけた。

「勘弁して下さいよ……」

笠井は、只管《ひたすら》、詫びるよりなかった。

冗談めかして、田島が、

「この、落し前をつけて貰わなきゃアな」

と云っている。

帰りの大阪行の飛行機の中である。

「そうですね。宗右衛門町あたりで、パーッと派手に——」

松木ジュニアが云った。

「なに云っている。二人も、妓生を抱いた癖に！」

小宮が、松木の頭を小突いて、

「親父に告げ口するぞ！」

と云って笑った。

大阪で、ささやかな小宴を張り、笠井菊哉は、末座から、

「今回は、見込み違いで、大変に申し訳ございませんでした。お詫び申し上げます」

と平伏した。

「いいって、ことよ。なにも、お前さんの故為じゃねえやな。焚書しやがった、阿呆な政治家が悪いんだ……」

田島が、取りなして呉れた。

「それと、戦争だな。紙って奴は、燃えるし、湿気るし、全く始末がわるいや！」

小柳も、そう云って呉れた。

「でも、面白かったですよ。本当に、勉強になりました」

松木が、生真面目な顔をして云った。

「そうだ、そうだ。何事も勉強だ。こんどは台湾あたりへ、このメンバーで、行ってみようじゃアないか！」

小宮が、こう云って最後を締め括った。

——ところで。

宗右衛門町で散会して、二月後のことである。

横浜の笠井書店に、船便で、大きな木箱が五つほど届いた。

みると、差出人は、ソウル市の朴雲史と云う人物である。はじめのうち、しばらくは誰だったか、笠井も判らなかった。そして、やっと、

〈ああ！　あの車椅子の爺さんだ！〉

と気づいた。

頑丈な木の蓋をあけてみて、笠井菊哉は、ビックリした。

いや、自分の目を疑った。

江戸時代の黄表紙が、ぎっしりと入っているではないか！

「おお！　おお！」

笠井は、一冊とるたびに、背筋がゾクゾクして来た。朴氏は、大地主の長男だと聞いていたが、おそらく日本留学中に、金にあかせて、それを買ったのであろう。

第二の箱には、明治時代の、今では手に入らなくなったような書物。

第三の箱には、初版本ばかり。みんな小説類だが、明治、大正時代のものである。

そして第四、第五は……。

笠井菊哉は、朴雲史氏の好意に感謝しながら、なぜか、あの新羅のコインを、金玉淑に返したことが、この幸運に繋ったのではないかと思った。

まるで、嶺上開花ですんなりあがったような、そんな爽快感と、信じられないような胸のときめきがある。笠井菊哉は、軽い眩暈を覚えて、木箱に凭れかかった。

第四話　桜《さくら》満《まん》開《かい》十《しい》三《さん》不《ぷ》塔《たあ》

一

……筆者が、柄にもなく伊豆急の別荘地に土地を買ったのは、親孝行の真似事をしたかったからである。

ちょうど九年前ではなかったろうか。

筆者の両親は、郷里の広島を引き払って、当時、小平に住んでいた。

ところが、このあたりは、霜柱がつよく立って冬は底冷えがする。

母などは、そのために関節リュウマチになってしまった。

父も、寒くてたまらぬと云う。

おそらく暖かい広島で、長らく暮した故為だったろう。

そんな矢先、銀行の人から、

——温泉が出て、長期月賦で買える土地が伊豆にある。

と教わったのであった。

それで妻に、

「お前、行って見て来い」

と命じたわけだ。

妻は、父を伴って、銀行の人に案内されて現地へ出掛けた。そして、父が、

「ここなら良い」

と太鼓判を押したところが、一カ所だけあると、報告して来た。

さっそく行ってみると、父は、どこをどう気に入ったのだろうと、疑いたくなるような熔岩だらけの一角である。

生えている木といえば、椎のような雑木ばかり。

私は首を傾げたが、父が云うのだからと、購入契約をした。

そして取り敢えず、五十坪ばかりを整地させ、早く建つからと、プレハブ住宅を注文したのだった。

しかし、その頃は、蛇がうろちょろしたり、蜂や虻《あぶ》が飛び交ったりするような、人里はなれて物騒な、そして不便で淋しいところであった。

この伊豆の山小屋に、父母が、三、四日暮しただけで、

「あんな、いびせえところにゃア、わしらはよう住まん！」

と、小平へ戻って来たのをみても、それがわかるだろう。

いびせえ……とは、広島の方言で、怖いとか、恐ろしいと云うほどの意味だ。

〈せっかく、無理算段して、建ててやったのに！〉

と筆者は情なく思い、妻に、

「むかしは、親の心子知らず、と云ったもんだが、近頃では、子の心親知らず、だ……」

と愚痴を云ったりした記憶がある。

遊ばせておいても仕方ないので、筆者はときどき家族と伊豆へ行くようになる。

この山小屋を「遊虻庵」と名付けたのは、プレハブ住宅と、虻が遊んでいると云う二つの意味をひっかけたのだ。

何回か、家族で過すうちに、欲が出て来て熔岩を取り除いて、庭をつくりたくなる。

父に監督して貰って（父は土木技術者で、庭づくりの趣味があった）、何回かにわけて、畠をつくったり、芝生や樹木を植えたりして行った。

そして数年前、庭が完成した時に、

〈なるほど、親父は目が高い！〉

と思った。

急斜面に接しているから、下の土地を買った人が、三階建てのビルをつくっても、景色は損われない。

海は一望のもとであり、左手に噴煙を吐く大島、右手には利島、新島が遠望できる。

振り向けば、大室山、そして天城連峯だ。

熱川から引いていると云う温泉の湯は、豊富である。

嬉しいのは、伊豆急が植えた桜並木が、いつのまにか巨木となって、春には、桜のトンネルをつくり、道ゆく人々の目を楽しませて呉れるようになったことだろう。

一昨年、筆者が喀血したとき、「遊虻庵」を繋げて、書斎をかねた「二十七日庵」を建て増した。

これは、たった二十七日間で出来上ったから、そう命名されたのである。

この時の監督も、父がした。

ところで父は、昨年の暮も押し詰まって、急逝した。

……だから、伊豆の山小屋には、筆者の父の思い出が充満している。

伊豆へ仕事を抱えて出かけ、疲れを覚えて浴室に飛び込む。

池の傍の猪おどしは、父の手製である。

去年までは、浴槽に身を沈め、この猪おどしの、コーン、コーンと云う音をきくのが好きだった。

だが、今年に入ってから、その音をきくと父を思いだし、不覚にも泪ぐむので、一度だけで、きくことを止めてしまった。

紅梅の咲いた庭にでる。

これまた父が、植木屋を指揮しながら、位置をきめ、植えさせたものだ……。

さて二月のある日、筆者は、ひとり旅を思い立って、新幹線に乗った。

〈伊豆へ行こうか。京都にしようか?〉

筆者は、こだま号の座席に坐ってからも、心で迷っていた。

そんな時、せどり男爵——笠井菊哉氏が、発車間際に乗り込んで来たのである。

「やあ、しばらくでした」

笠井氏は微笑して、

「どちらまで?」

と訊いてくる。

「いや、まだ決めてないんです。一応、切符は熱海まで、買ってあるんですが……」

筆者は苦笑した。

グリーン車は空いていた。

笠井氏は、筆者の横の座席に腰をおろして、矢庭に、

「実は、あたしは京都の近くへ行くんです。この前、熱海でご厄介になりましたから、どうです、今夜一晩、あたしに、あなたの身柄を預けて下さいよ……」

と、切り出して来た。

「そうですな……。死んだ父を思いだす伊豆よりも、京都の方がよさそうですね」

筆者の決意は固まった。

笠井氏は、ひかり号に乗りたかったのだが売り切れで、仕方なくこだま号にしたのだそうである。

「また、面白い話を聞かせて下さいよ」

と云うと、せどり男爵は、

「ふふ……」

と含み微笑ってから、

「また、肴にするんでしょう？」

と筆者の肩を、ポンと叩いた。

二

……あなたは、浮世絵にも、趣味がおありでしょう？

随分と有名な方が、蒐集されてましてね。

たとえば文部大臣をやられ、いま要職にあるTさんなんか、浮世絵ばかりでなく、ワ印のコレクターとしても海外で有名ですよ。

しかし浮世絵も、集めようとすると、なかなか難しく険しい道でしてね。

一朝一夕にはゆきません。

時間と、金をかけて、コツコツ蒐集してゆくのが、まア秘訣でがしょうなあ。

それと、これはと思った目標を……北斎なら北斎、歌麿なら歌麿と云う風に、ね。

すると、いつしか好事家の耳に入り、ああ北斎なら誰々が集めてるから、あいつの所へ持って行け……と云うことになるわけで。

あたしは、幻の浮世絵師と云われる写楽だけは今でも追っているんです。

まあ、片手間にですがね。

明治のはじめにゃあ、五厘でも買い手がつかなかった東州斎写楽が、いまでは三百万円ですぜ。

有名な英国の、クリスティ・マンソン・ウッズ競売会社が、五年前に行った公開オークションに、写楽の雲母摺の大首絵が出ましてね。

たしか肴屋五郎兵衛でしたよ。それがなんと二百十万円で落札されてからは、ウナギ登りなんです。

昭和二十五年にだって、まだ十万円ぐらいの相場でしたからねえ、ええ。

そうだ、そうだ……。

昭和二十五年と云えば、こんな傑作なことがありました。

田原さんと云う実業家で、洋書のコレクターの方がいましてね。

なんでも商社の支社長として、ドイツに戦前、長らく滞在されていた方でした。その方が、どう云うわけか、ドイツの友人から、初版本蒐集と云う趣味を教えられたんですな。

それでゲーテや、カントの初版本を手に入れてから、病みつきになった。

たしか二十四年の秋に、病死されたんですが、その田原さんの息子さんと云うのが、変っている。

交詢社ビルに、お父さんが持っていた事務所があったんですが、

——父の残した本が、邪魔になって仕方がないから、買って呉れないか。

と云うんです。

あたしは、その部屋を訪ねて仰天したのを覚えてますよ、ええ。

マホガニーの本箱に、洋書がギッシリ並んでました。

さあ……三千冊もありましたかなあ。

それもみな洋書で、初版本です。

あたしは一週間かけて、本を一冊ずつ調べ上げたんですが、ローゼンバッハ博士なら、素ッ飛んで日本へやって来るだろうと云うような逸品も、何冊か混ってました。

え？　ローゼンバッハですか。

ほら、書籍界のナポレオン……と渾名された大富豪ですよ。

昭和二十七年だったかに、七十五歳で死にましたがね。たしか、フィラデルフィアの生まれで、叔父さんが出版社をやっていたので、本好きになったらしいですな。

いろんな渾名を貰った名物男でしてね。〝オークション・ルームの恐怖〟とか、先刻のナポレオンでしょ……稀覯本の世界では〝狂人〟と云われたそうです。

あたしの〝せどり男爵〟という渾名など、恥かしくて恥かしくて……。逸話の多い人でしてね。

あたしも本の虫ですが、彼みたいに、世界を股にかけるだなんて芸当はできません。なんでも、十一歳の時から、大人に混ってオークションに参加したってんですから、六十四年間、古書の世界で暮した傑物です。

まあ、典型的なビブリオマニア（書物狂）であり、趣味と実益を生かした幸福な人だったと云えるでがしょうなあ。

まあ、このローゼンバッハ博士のことは、いずれお話ししますが、田原さんの残した洋書の中に、ウィリアム・シェークスピアの初版本の『フォリオ』（二つ折型の書物）が一冊、混ってたんです。

昭和二十五年頃の国際相場は、わかりませんが、現在なら二万ドルはするでしょう。

これだけでも、素晴しい掘り出し物です。

ところで、その本箱の下の開き戸をあけてみると、浮世絵が、かなりの数入っている。

かなりの枚数がありましたね。

それで田原さんの息子さんに、

――これも、お売りになりますか？

と訊いた。

すると息子さんが云うには、

――これは売らない。しかし、脇に積んであるマットは、邪魔だから持って行って呉れないか。

と……。

マットと云うのは、浮世絵をよりよく保存するために、絵と絵のあいだに挟む仕切り紙なんです。

あたしは、

〈畜生……。残念だなあ〉

と思いました。

よし、こうなったら、こっちもこっちだ。儲けてやれ、と思いましてね。

――一冊、百円でいかがでしょう。

と切り出しました。

一冊百円でも、三千冊という数がまとまれば、三十万円です。

息子さんは、ホイホイ喜んで、直ちにオーケイですよ、ハッハッハ。

まあ、洋書を引き取って、ついでにマットも引き取った。

仕方ないから、クズ屋にでも売ろうと、考えていたんです。

ところが帰ってから、調べてみると、マットの間に、なんか挟んである。

あけてみると、なんと浮世絵——それもワ印ばかりです。

あたしは、この時ばかりは、独りで高笑いしましたね。

とんだ拾い物です。

まあ、古本屋冥利に尽きる……とでも云いますかなあ。

なにしろ、広重の描いた春画など、なかなか入手できない逸品ですからね。

歌麿の「ねがひの糸口」は、六枚もありました。

菱川師宣、鈴木春信、鳥居清長も、一枚ずつありましてね。

でも、あたしが目を瞠ったのは、一番下になったマットの中から、葛飾北斎えがくところの「浪千鳥」が三枚、出て来たことです。

ご存じでしょうが、この「浪千鳥」は、十四種あると云われてましてね。

北斎の最盛期の作品です。

外人だったら、垂涎三千丈……と云った名作ですよ。

たしかに、あぶな絵だが、立派な芸術品になっている。

あたしは、写楽ばかり追いかけてたんで、とんと北斎には見向きもしていなかったんですが、その田原さんの蔵書を、ガラス・ケースごと引き取った夜から、北斎の妖しい魅力に取り憑かれましてねエ……。

三

笠井菊哉は、田原家から買い取った三千冊の洋書の初版本を、しばらく寝かしておく積りであった。

しかし昭和二十五年当時の三十万円だ。

この出費は、大きい。

それで年代の古いものだけ、五百冊を残して、横浜の店の書棚に並べた。

一冊百円の仕入れ値だから、一律に五百円で売れと、店員には命じてあった。

横浜には、そのころ、いろんな米軍の施設があった。

横須賀と云う海軍基地を控えている上に、日本一の横浜港がある。

港の沖には、各国の軍艦、輸送船が出入りし、その都度、どッと水兵や士官、外国船員が上陸してくる。

繁華街元町の近くにある笠井の店には、洋書を扱っている関係もあって、そんな外国人がよく出入りした。

——ところが。

田原蔵書の印の入った初版本を並べた、たしか翌日のことである。

笠井は、神田へ出掛けて留守だったが、米海軍士官の制服を着た紳士が入って来て洋書を入念に眺めだした。

そして、一冊を手にとるごとに、

「オウ！　ワンダフル」

を連発し、やがて女店員を手招きして、

「ハウ・マッチ？」

と訊く。女店員は、主人から云われた通りに無表情に、

「ファイブ・ハンドレット」

と答えたのだそうだ。

すると、相手は、

〈さもあろう……〉

と云うように、大きく肯いて、三冊を手に取り、女店員に示した。

ところが、あいにく彼女は、千という数字の英単語を、知らなかった。

それで〝1500〟と書いて示したところ、相手は肩を竦《すく》め、英語で値切りだした。

女店員は、言葉が判らないので、ただ頑強に、千五百と書いた数字を指先で敲《たた》いて、首をふる。

すると相手は折れて出て、

「オーケイ！　アイ・シンク・ジス・イズ・リーゾナブル・プライス！」

と苦笑し、三冊の本を包ませると、無造作にドル入れから、百ドル紙幣を十五枚だし、

「サンキュー」

と言って、立ち去ったのだった。

女店員は、千五百ドルを受け取って、ただ唖然となった。

所用を済ませて、横浜に戻った笠井は、その話を聞き、信じられなかった。

一ドルが、まだ三百六十円の換算率であった当時である。

従って、三冊の洋書の初版本は、五十四万円に化けたことになる。

〈こりゃア大変な値打ち物だ！〉

笠井は、本能的にそう悟った。

そして直ちに、男の店員に命じて、せっかく並べた田原家の蔵書を、すべて残らず自宅に運ばせたのである。

このあたり、本の虫の面目躍如であった。

一種の勘である。

二日後――。

笠井菊哉は、二世の通訳を連れた、二名の佐官級の米海軍将校の訪問を受けた。

女店員の話では、そのうちの一人は、この間きて、千五百ドルを支払った客だと云うことである。

ジョンソンという少佐であった。

もう一人は、コネリーという大佐だ。

ジョンソン少佐は、空ッポになった書棚をみて、驚愕し、

「ここにあった本は、誰が買った？　日本人か、外国人か！」

と喰いつかん許りに訊く。

笠井は、通訳を仲介に、

「ある日本人だ……」

と逃げを打つ。

「どこにいる人物か？　あれだけの貴重な初版本をポンと買うような男なら、よほど大金持に違いない！」

と、ジョンソンは地団太を踏む。

「名前も住所も、教えられない。日本の法律では、本を売りに来た人間の、住所氏名は聞

いて控えておかねばならないが、買ってゆく人間の住所氏名は聞く必要がない」

笠井は、そう答えた。

ジョンソンは口惜しそうに、コネリー大佐と、なにかを話し合っていたが、笠井に、

「もし、機会が与えられるならば、コネリー大佐殿に、一括買いされた、あの初版本を一度、拝見できるよう、貴殿から取り計らって貰いたい……」

と切り出した。

笠井は鷹揚に、

「本人に、お伝えしておきましょう。もっとも、どう云われるか、判りませんが」

と答えた。

翌日から、ジープに乗って、二世の通訳がまだか、まだかと催促にくる。

ハリー・金城と云う、眉毛の濃い二世であった。

一夜、そのハリー・金城（カネシロと名刺には印刷してあったが、本当はカナグスクと云い、沖縄出身の両親の間に生まれたハワイの二世であった）を伊勢佐木町の酒場に誘いだして、いろいろと聞いてみた。

すると、コネリー大佐は、横須賀基地の副司令官で、無類の書物マニアだと云う。

それも初版本でなければ、見向きもしないのだそうであった。

笠井は、嬉しくなった。

「アメリカ人には、そんな愛書家が、多いんですか？」

と訊いてみると、ハリー・金城は、

「白人には、変ったマニアがいますよ。なぜあんな古本に、目の色を変えるのか、わしはわからん……」

と云った。

笠井が書物狂——ビブリオマニアという英単語を知ったのは、その時である。

「その……ビブリオマニアは、かなりの数、いますか？」

笠井は質問した。

「東京にいるGHQの将校、バイヤーなどの中には、結構いるでしょうね。去年のチャリティショーでも、テオドル・ルーズベルト大統領の旧蔵書が、三点も出品されて、マ元帥夫人と、ヤッスーン夫人とが、せり合って火花を散らしたそうですから……」

「ほほう。そのヤッスーン夫人とは、なに者です？」

「知りませんか？」

「あいにく、と——」

「有名な十二人兄弟のヤッスーン財閥です。夫人は、上海ヤッスーンと云われるヤコブ・E・ヤッスーンの妻でして」

「ははあ」

「中日事変がはじまると、香港に本拠を移しましてね。敗戦後の日本へ、乗り込んで来たわけですよ……。日本橋に、ビルを持っています。不動産、金融が仕事でしてね」

「ははあ、すると大金持で……」

「なにしろ、丸の内一帯を、全部売って欲しいと、GHQに圧力をかけ、三菱を震えあがらせた人物です」

「いったい、幾らで落札されたのですか、そのオークションでは？」

「一万二千ドルでした」

さらッと、ハリー・金城は云った。

笠井は内心、

〈しめた！　これだ！〉

と思った。

「実は、あの初版本を買い占めた人物が、矢張り金に困って、手放してもいい……と云って来たんです。あなたの御力添えで、オークションをやって貰えませんか？　手数料は、一割と云うことで、どうです？」

笠井は、相手の顔色を眺めながら、そう云った。

「一割ですか……」

ハリー・金城は、濃く太い眉を、ピクリと動かした。

「きくところによると、『星条旗』と云う、米軍関係の新聞があるそうですね」

「ええ、あります」

「その新聞に、売り立て初版本の名を、ズラリと書いて貰って、ですな……」

「ふーむ」

「日時と場所とは、こちらが広告料を出すということで……」

「なるほど、なるほど」

ハワイ生まれの二世は乗って来た。

「下見の会は、前日と云うことに決めましょうや……」

「いったい、何冊あるんです？」

「二千五百冊です」

「そりゃア無理だ。一日に、五百点をセリにかけても、大変なんだから……」

「では、日本でやってるように、下見の時、欲しい本があったら、名前と金額を書いて、指し値をして貰いましょう」

「二人以上が、かち合ったら？」

「値段の高い人の勝ちです」

「同じ値ならば？」

「それは、翌日、セリにかけたらいいでしょう。違いますか？」

「うん、それなら、なんとか、なりそうだ」

「ただ一つ、困ったことがあるんです」

「と、云うと？」

「米ドル紙幣の所有は、日本人には禁じられてます」

「うん、うん」

「だから、ＧＨＱにお願いして、そのオークションでの売上を、日本円に交換して頂かないと――」

「わかった。コネリー大佐に、協力をお願いしてみよう」

笠井は、帰りがけに、ハリー・金城に、二百ドル摑ませた。

四

コネリー大佐から、条件つきで、例の初版本のオークションを許可する……と通達があったのは、朝鮮動乱がはじまる寸前だった。

条件として示されたのは、二つである。

一つは、営利的なオークションではないことを証明するため、売上の二割を、横須賀海軍司令部の名前において、日本の戦争孤児施設に寄附することだ。

人の牛蒡《ごぼう》で法事をしようと云う訳である。

そして第二は、オークションの会場、日時はコネリー大佐の指示に従い、下見の会は、特別、一般の二日間とし、同じ指し値ならば下見特別会員（仮称）を優先して、セリにかけないことだった。

この第二の条件には、コネリー副司令官がいかに初版本の蒐集マニアであるかが、歴然とあらわれている。

笠井は、その条件を呑んだ。

ところが、朝鮮動乱の勃発である。

初版本のオークションどころでは、なくなった。

横浜には、GIの姿が溢れ、殺伐たる雰囲気となる。

GI同士の喧嘩や、日本人に対する暴行沙汰が絶えず、夜になるとMPがジープで市内をパトロールする始末。

その上、九州では黒人兵が集団脱走し、大変な騒ぎだと云う。

笠井菊哉は、

〈これは危険だ……〉

と感じた。

そして彼は、戦争中、やはり本を疎開させてあった信州の、父の生家の土蔵に、自分の財産とも云うべき和本、浮世絵、そして例の初版本の洋書三千冊を、トラックで運んで納い込んだ。

これは賢明な措置だった。

なぜなら、国連軍が仁川上陸を敢行した直後、不審火によって二軒隣りの店から火が出て、彼の店を焼いたからである。

建物には、保険がかけてあるから、損はないが、棚に並べてあった古本五千冊あまりはすっかり灰燼に帰した。

その損害は、三百万円を越えた。

笠井菊哉は、生まれて初めての、失意を味わった。

〈当分は、せどりでもしながら、ブラブラしていよう……〉

笠井は思った。

華族の長男に生まれ、学徒兵として召集されながらも、参謀本部勤務で苦労を知らなかった笠井である。

戦後は財産税で悩まされたが、これとて牛込の家を物納することで、話がつき、大して苦労していない。

横浜に買っておいた古本屋が、生計の役に立ち、母が病死し、妹が嫁ぐと、あとは自分の身ひとつ心配すればよかった。

そんな笠井だったから、この火事は、痛かったのである。

先ず、住むところから、見つけねばならない。当座は、妹の嫁ぎ先に厄介になった。そして鷺の宮の、ある退職官吏の老夫婦の家に、下宿することになる。

東海林と云う、七十前の老人だったが、まだ矍鑠《かくしゃく》としていて、親子ほども年齢の違う後妻と、毎夜、抱き合って寝ていると云う。

笠井が、結婚と云うものに、嫌悪を覚えたのには、その東海林と云う老人の、性生活を垣間見たからに他ならない。

年が明けてから、徐々に、日本の景気は上昇しはじめた。いわゆる朝鮮動乱ブームという現象が起きたのである。

しかし、笠井菊哉の方の経済状態は、あまり芳しくない。

彼は不図、故ルーズベルト大統領の旧蔵書三冊を、一万二千ドルで落札したと云うヤッスーン夫人のことを思い出した。

つてを求めて、通訳を同伴し、田園調布にあるヤッスーン邸を訪れたのは、マ元帥が解任されたその日である。

笠井は、ユダヤ鼻の、いかにも貪欲そうな女性を想像していたのだが、意外にもヤッスーン夫人は、三十前後の、小柄で愛くるしい女性だった。

「英、独、仏の初版本を、三千冊ほど、持っているのだが、興味はないか?」

と質問すると、目を輝かし、

「ぜひ、見たい。どこにある？」

と、即座に云った。

「実は、ちょっと遠い信州と云うところにある」

と答えると、

「先刻、夫から、マッカーサー元帥が、解任されたという連絡があった。こんな事態が起きなかったら、すぐにでも、車で見に行けるのに——」

と彼女は残念そうに告げ、

「とも角、リストを出して呉れないか」

と云ったものだ。

翌日の朝刊に、マ元帥罷免のニュースが掲載された。

それをみて、笠井菊哉は、ユダヤ財閥の恐るべき情報網を思い知らされるのだ……。

英文タイプでリストを作製し、夫人の家に自ら届けた。

数日後、来て欲しいと連絡があった。

また通訳つきで参上すると、

「夫は、韓国へ行っている。いい機会だから本を見に行きたい」

との御託宣だ。

一も二もなく承知して、汽車の時刻を調べ新宿から中央線に乗った。

信州の実家は、父の生家ではない。

父が、成金になってから、村の庄屋の家を買い取ったものだ。

むかしの庄屋は、百姓一揆などに備えて、用心堅固であったらしく、高い土塀をめぐらして、家の前には一間ぐらいの濠すらしつらえてある。

門もまた、ぎょうぎょうしい構えだ。

石の橋を渡りながら、夫人は、

「ワンダフル！」

と目を細めた。はじめて、日本の民家をみたからであろう。

母屋には、叔父の一家が住んでいる。

囲炉裏のそばで、一服してから、裏手にある土蔵に案内した。

夫人は物珍しいとみえて、次から次にと、ポンポン質問してくる。

——これは誰の家か？

——ときどき、このような（土蔵を指さして）家をみるが、なんだ？　私的な牢獄なのか？　など、など……。

私設牢獄とは、考えたものだと、笠井は苦笑したが、外国人の目からは、そう見えるのかも知れない。

彼の宝物は、二階に安置されてあった。

ヤッスーン夫人は、片端から手に取って眺めてゆく。彼女は、

「よくまア、これだけ初版本を集められたものだわ……」

と感嘆し、

「欲しい本もあるが、要らない本もある」

と云う。しかし、その目の色で、欲しいか、欲しくないかは、プロの笠井には、ちゃーんと判るのであった。

売り立てに出す積りだった約二千五百冊を、全部、見終えてから、夫人は、

「いくらなら、全部、売る？」

と唐突に訊いた。

「五十万ドル」

笠井も、即座に応じた。

いささか、ハッタリをかましたのである。

近くの旅館へ案内し、商談に入ろうと云うことになった時、夫人は、反対側の壁に、カーテンがかけられているのを発見したのだ。

「あれは？」

夫人は訊いた。

「あれは、私の蔵書です。売る気はないのでカーテンで遮蔽してあるのです」

笠井は云った。

夫人は、目を光らせ、

「ぜひ、拝見させて！」

と哀願するように云う。

「では、断っておきますが、見るだけにして下さいよ……」

彼は、念を押した。

ヤッスーン夫人は肯いたが、ガラス戸に額を押しつけて、入念に洋書を眺めているうちに、

「手にとってみたい」

と云いだす。

〈案の定だ……〉

笠井菊哉は思った。

鍵をあけてやると、夫人は白の絹手袋をハンドバッグから取り出して嵌め、ためらわずに、そのうちの一冊を、すーッと抜きとったものである。

そして、次第にブルブルと手を震わせはじめ、ついで肩を顫《ふる》わせ、やがてはそれを持ったまま、しゃがみ込んでしまった……。

五

彼女が、手にしていたのは、シェークスピアの初版本『フォリオ』である。

笠井は、しばらく夫人の様子を、冷たく見戍《みまも》っていた。

通訳が、

「なにか気分が悪いのですか？」

と訊いた。

夫人は、答えない。

ただ、ブルブル震えているだけだ。

笠井菊哉は、昂奮も、度を越すと、感受性のつよい女性は、立って居られなくなるのだ
……と云うことを、その時に知った。

「どうしたんです？」

「医者を呼びますか？」

通訳は、しきりに問いかけている。

「ちょっと、手を貸して……」

やっとの思いで、喘ぎながら、ヤッスーン夫人は云った。

「はい、どうぞ」

通訳が、夫人を助け起した。

しかし、彼女は、本を書棚に戻そうとしない。いや、むしろ小脇に抱え込んだ。

「お返し下さい」

笠井は、手を出した。

イヤ、イヤと云うように、夫人はかぶりを振って、

「これ、売って！」

と云う。

「いいえ、売れません。それは世界でも数少ない稀覯本なんですから……」

こんどは笠井が、首をふった。

すると夫人は、小脇に抱えた本を取られまいとして、更にあいた手をあてがって、

「三千ドル！」

と値をつけてくる。

笠井は、冷たく、

「それを手放すと、もう二度と、私の手許には戻りますまい」

と云った。

「では、四千ドル！」

「だめです」

「四千五百！」

「そんな安い値の本じゃあ、ありませんよ。そのことは、貴女の方がご存じでしょう？」

「五千ドルまで、出すわ」

「奥さん。お返し下さい」

悲しそうな顔つきで、彼女は、不承不承、『フォリオ』を彼の手許に返した。

笠井は、ガラス戸の鍵をかけ、通訳に手伝って貰ってカーテンを本箱にかけ、

「さあ、旅館へ参りましょう」

と云った。

割合に気のきいた旅館で、離れもあり、泉水には大きな鯉が遊泳している。

三十万で仕入れた田原氏の蔵書だった。

その代金は、すでに元を取っている。

だが、相手はユダヤ商人の妻なのだ。

それに、商売を再開するための、資金も要る。

だから笠井は、大きく五十万ドルと吹っかけたのである。

約二千五百冊だから、一冊あたりの値段は二百ドルだった。

しかし笠井は、内心では、一冊百ドル当りで——つまり二十五万ドルなら、手放してもよいと思っていたのだ。

それでも当時の金にして、九千万円である。

夕食が出たが、あのシェークスピアの初版本を見てから、ヤッスーン夫人は、心、ここにあらず……と云った状態で、通訳がなにを話しかけても、返事をしない。

ポーッとなっている。

彼は、ちょっと可哀相になった。

夕食が済み次第、列車に乗る手筈であったが、夫人は、

「今夜は帰りたくない。明日、帰る」

と云う。

そこで離れに床をとらせると、入浴もせずに、すぐ寝たいと云いだす始末。

まるで、半病人である。

夫人が女中に案内されて、離れに立ち去ったあと、通訳が、残念そうに、

「五千ドルの値がついたのに、なぜ売らなかったんです？」

と云った。

笠井は含み微笑って、

「日本の丸の内を、そっくり買いたいと云った人の奥さんにしては、気が小さいし、ケチだよね……」

と顎をなでた。

通訳は、目を丸くして、

「そ、そんなに高い本なんですか？」

と云う。

「まあ、ね」

「へーえ、それは知りませんでした。道理で夫人は、がっくり来ちゃったんだなあ……」

通訳は、感心したように呟いた。

……物とは、そんなものである。

仮に、写楽の浮世絵があったとしようか。

浮世絵に無関心な人なら、

――こんな薄気味わるい役者の似顔絵に、一銭の金も出せるか！

と思うだろう。

しかし、写楽の真価を知っている人で、金の余裕がある人なら、それこそ、百万が二百万でも、喜んで買うのだ。

古書の値打ちとは、そんなものである。

笠井は、床に入りながら、

〈さて、明日はどんな手で、攻めてくるかな？〉

と思った。なんとなく楽しみである。

焼酎を呷った勢いもあって、笠井はすぐに寝入ったが、間もなく番頭に起された。寝惚け眼をこすりつつ、

「なんだい、いまごろ?」

と訊くと、

「あのう……お連れのアメリカの方が、お怪我をなされました」

との返事だ。

腕時計をみると、午後十時半である。

「いつだい? それは、どこで?」

「お宅の、お濠です……」

「そして、いま、どこに?」

「外山病院で、手術を受けています」

「えッ、手術!」

笠井は、跳ね起きると、慌てて洋服に着替えはじめた。

彼が駈けつけた時、手術は終っており、病室へ運ばれ、通訳が看病しているところであった。

「どうしたんだい?」

と訊くと、通訳は、

「申し訳ありません。笠井さんが寝入られてすぐ、夫人に呼ばれたんです。そして〝もう一度、あの本の顔を拝まないと、どうにも寝られない〞と哀願されまして……」

と、頭を掻いている。

通訳が肯いて、笠井を起してくる、と告げると夫人は、

——あの人はいい。彼の叔父さんと云う人に云って、土蔵をあけて貰いさえすれば、あの本は拝めるんだから。

と、制止したと云う。

ところが、門から母屋まで、かなりの距離があるし、叔父一家は早寝早起きと来ているのだ……。

いくら門を叩いたって、起きてくるわけがない。

そのため門柱に、木鐸がぶら下がっているのだが、暗いのと知識がないので、その存在に気づかなかったらしいのである。

——帰りましょう。

と、通訳は云った。

しかし彼女は、

——中へ入って、起してくる。

と云い、いきなり土塀に飛びついたのであった。

だが、古いから、飛びついた瓦が剝がれ、あッと云う間に濠の中にドブン！　である。その上、悪いことに、誰が捨てたのか、一升瓶の破片が、濠の中に散乱しており、夫人はその上に尻餅をついた……のであった。

夫人は、麻酔を打ったとかで、痛みも訴えずにスヤスヤ寝ている。

医師の話だと、太腿の傷は、かなり深く、歩けるまでには一週間かかるであろう……と云うことだった。

尻にも傷があるので、二、三日は動かせない由である。

〈ふーむ！　恐ろしい執念だ……〉

彼は、そう思った。

彼を同伴せず、通訳を連れてコッソリと出掛けたのには、一つの魂胆があったと、みなければなるまい。

所有者は、笠井菊哉なのだ。

おそらく、ヤッスーン夫人は、彼が『フォリオ』を手放す気がないと判断したのであろう。

金を積んでも、入手できないとなると、残る手段は、ただひとつであった。

それは——盗むことである。

夫人は、土蔵の錠前さえあけて貰えば、あとは本箱の鍵はなくても、ガラスを打ち壊せばよい……と考えたのであろう。

通訳と一緒に、密かに笠井邸へ出かけることには成功した。

だが、誰も起きて来て呉れないことから、彼女の企みは蹉跌《さてつ》を来たし、さらに無謀な冒険が、夫人を怪我に導いたのだ……。

六

――ところで。

翌朝、笠井が見舞いの花束をもち、病院を訪れると、通訳が玄関にいて、

「まことに申し訳ないことですが、弁護士が東京から到着するまでは、絶対に、あなたにはお目にかかりたくないそうです」

と、かなり強い口調で告げた。

「弁護士？　医者の間違いじゃないの」

笠井は、キョトンとなって訊く。

「いいえ、弁護士です」

「なぜ、弁護士なんだろう？」

彼には、合点がゆかなかった。

その日の夕刻、ローゼンシュタインという弁護士が、東京から外車を乗りつけた。

そして、自分の通訳を連れて、旅館で入浴中だった笠井に、面会を求めたのだった。通訳は、サムなんとかと云う二世で、高飛車な物の云い方しかしない、無礼な、初対面から虫の好かぬ男であった。

ローゼンシュタイン弁護士は、

――私はヤッスーン家の顧問弁護士だ。夫人の依頼により、あなたを告訴する。

と云った。

「私を、告訴だって？　どんな理由からですか？」

「――理由は、告訴状をみたらいいだろう」

弁護士は、肩をぐいと聳《そびや》かした。

あとで知ったのだが、ローゼンシュタインは、夫人が怪我した叔父の家まで案内させ、現場を実地検証したあと、叔父を呼び、

――この濠は、笠井家の敷地外か？

と質問したのだそうだ。

叔父が、目をパチクリさせて、

――敷地内だ。

と云うと、満足そうに肯いたと云う。

このあと、弁護士は、怪我したヤッスーン夫人を大型車に乗せ、病院代も支払わずに、

帰って行ったのだった。

一週間ほどして、英文の書類が届いた。

辞書と首ッ引きで、難解な法律用語を翻訳してみると、次のようになった。

『ヤッスーン夫人は、笠井菊哉の甘言に乗り、信州の彼の所有にかかわる笠井家を訪れた。笠井は、法外な値段を吹ッかけて、二千五百八冊の書物（別紙リスト参照）を売りつけようとした。

しかるに、夫人が欲しいのは、たった一冊の書物であったが、笠井は拒絶した。会談は物別れになったが、夫人は夜半、その書物の真贋をたしかめた上で、翌朝、改めて交渉せんと決意し、笠井家を訪問せしが、故意に開扉しない。

夫人は、止むなく、一大決心をもって、通訳の立会いの許に、土塀を乗り越え、笠井家の人を起し、閲覧の許しを乞わんとしたのである。

土塀の外には、水深三十センチに満たぬ水濠があり、この水濠までは笠井家の敷地内である。

夫人は、瓦に手をかけて、よじ登らんとした時、瓦が剝がれ、ために水濠の中に転落せざるを得なかった。そして濠には、ガラスの破片が故意に撒かれていたがため、夫人は大腿部三カ所、臀部一カ所に、全治三カ月の大裂傷を負ったのである。

瓦とは、雨露を凌ぐために、しっかりと固定すべき性質のものである。もし固定しなければ、風雨のさい、飛散して通行人に重傷を与えるであろう。

ゆえに、瓦の固定という人道的な義務を怠った罪は、断じて許し難い。もし、その義務を笠井が忠実に果しておれば、夫人の重傷は未然に防げたものと思惟する。

次に、水濠であるが、人間を殺傷し得べき凶器となるガラスの破片を投入し、さらにまた石橋の下近くまで注水を怠っていたことは、言語道断である。

これまた、罪なしとし難い。

よって、ヤッスーン夫人は、弁護士ローゼンシュタインを代理人とし、笠井菊哉に、病院における治療費の全額負担、並びに肉体的、かつ精神的な損害賠償金として、五十万ドルを請求するものである』

……翻訳し終えてから、笠井は思わず、

「あきれた!」

と、大声で叫んでいた。

本当に、呆れた話である。

どこをどう押せば、こんな勝手な、虫のいい音が出るのだろうか。

笠井菊哉は、腹が立ってならなかった。

『フォリオ』を盗みに入ろうとしたのは、ヤッスーン夫人ではなかったのか。

真の所有者が、寝入るのを待って、こっそり出掛けたのは、どこの誰だ。

通訳が制止するのも聞かず、土塀を乗り越えようとしたのは、夫人ではないか。

そのために、怪我したのである。

いわば、身から出た錆であった。

にも拘らず、盗人たけだけしく、自分の負傷を、笠井の故為にしている。

その夜、彼は眠られなかった。

ジンと焼酎を混ぜて、水で割って飲む〝セドリー・カクテル〟が誕生したのは、奇しくもその告訴状のためである。

廊下を隔てた東海林夫婦の部屋からは、喋喋喃喃《ちょうちょうなんなん》と、甘い睦言が聞えたり、不意にシーンとなると怪し気な息遣いが漂ってくる。

とにかく、長いのである、前戯が――。

焼酎だけではなく、ジンだって、混ぜたくもなるではないか。

まあ、笠井菊哉も、こんなに怒り心頭に発したことはない。

まして失意のさなかだった。

〈しかし、五十万ドルとは、よく吹っかけやがったな！〉

〈ふん！　いまの俺は、逆さにふっても、鼻血も出ないぞ！〉

そんな自嘲の言葉を、憎しみと、怒りをこめて胸の内に吐きながら、その水割りカクテルを呷っている時であった。

〈待てよ……〉

と思った。

〈五十万ドルと云えば、俺があの二千五百八冊の初版本の洋書につけた値だ！〉

〈いけない！　敵の狙いは、あの土蔵の中の本だったのだ！〉

笠井菊哉は、愕然となった。

〈あそこへ置いておいては、危い！〉

彼は、一睡もせずに、火災保険証書と、実印をもって、横浜へ飛んだ。

そして保険金を握ると、堅牢な本箱を買い求め、トラックを雇って、一目散に信州を目指したのである。

「どうしたんだい、急に？」

と訝る叔父に、

「大学に、売れたんだよ……」

と嘘をついて、手伝って貰い、釘で打ちつけると、トラックに積み、いわば昼夜兼行で神田まで運んだ。

そして親しい古本屋仲間を叩き起して、

「なにも云わずに、預って呉れ……」

と頭を下げた。

ローゼンシュタイン弁護士の部下が、MPを同伴し、信州の笠井家を訪れて、

――土蔵の中の、笠井菊哉の財産を、確認しておきたい。

と告げたのは、その二日後である。

七

……ハッハッハ。

あたしも、なかなかやるでしょう？

本の虫と云うか、本の悪魔に魅入られた人間だけに、また相手の心理も看破れるわけですなあ。

ヤッスーン夫人は、土蔵の二階は空っぽだったと知らされると〝全治三カ月〟の癖に地団太を踏んだそうです。

それも入院している筈の病院でなく、自宅の応接間でね。

ユダヤの人と云うのは、全く頭がいい。

禍いを転じて福となす……と云う精神も旺盛ですなあ。

むろん、こちらも弁護士を立てて、対抗しましたよ。

しかし、癪でしたな。

私の雇った通訳が、買収されていて、法廷でヤッスーン側の都合のよいような、証言ばかりするんです。

これでも日本人か、と思い、法廷では歯軋りしましたよ、ええ。

……そのうち、あたしの思った通り、先方側から、

——条件つきで、示談にしないか。

と云って来た。

こちらとしては、思う壺ですが、

——告訴したのは、そっちだ。示談を自分の方から申し込むと云うことは、自らの非を認めたのも同然であり、当方としては名誉毀損ならびに誣告罪で告訴する。

と、強気に出てやりました。

弁護士と云う人種も、駈け引き上手ですなあ。感心しましたよ、あたしゃア。

すると、ヤッスーン夫人が、あたしに会いたいと云って来た。

お互いに通訳つきの会見です。

夫人は、

「あのシェークスピアの『フォリオ』は、あたしの父が集めて来て、果せなかった最後の一冊である。だから、あれを五千ドルで譲って呉れたら、告訴をとり下げる」

と云った。

あたしは冷たく断ってやりました。

むかしから商売は、冷たくと云いますからな。これで、第一回の会見は、物別れです。

すると次には、

「では、二千五百八冊をそっくり買おう。その代り『フォリオ』をつけて欲しい」

と、使者が来た。

先方の云い値は、五万ドルです。

こちらは、

「双方の告訴をとり下げよう。商談は、それからだ」

と、更に冷淡な仕打ちに出る。

ヤッスーン夫人は、告訴を取り下げたが、これは当然のことでしょう。

夫人は、告訴と云う非常手段を使い、土蔵の中の古本を、ごっそりと、せしめようと云う肚だったんですからねエ。

先方が、告訴を取り消したと、裁判所から通達があったので、

――では、商談に入ろう。

と云うことになった。

シェークスピアの初版本『フォリオ』が、どの位の値がするか、その実、あたしも知らなかったんです。

たしか一六二三年の刊行ですから、三百年も前なんですな。

あとで教えられたのですが、イギリスの名装丁家と云われたベッドフォードが、モロッコ皮で装本したものだったんですな。

いわば、シェークスピアの初版本のなかでも、曰くつきの逸品だったんですよ。

売り出された時は、たしか一部一ポンドです。それが今では二万ドル、三万ドルなんですからな。

え、結末ですか？

まあ、双方、丁丁発止と打ち合って、一進一退、とうとう翌年の春までかかりました。

あたしも、そろそろ店を再建しなければ……と考えましてね。

二十万ドルで、シェークスピアの『フォリオ』の初版本をつけ、二千五百八冊を引き取って貰うことにしました。

ただし、日本円でです。

取引きは、田園調布のヤッスーン家でしました。

その時、はじめて、旦那であるヤコブ・E・ヤッスーン氏に会いました。

なんでも十七世紀の初版本を、父の代から集めていたらしいんですな。

ところが、お父さんが死ぬ間際に、

——あと十四冊、集めて呉れ。リストは、これだ。

と遺言したらしいですねえ。

まあ、その衣鉢をついで、コツコツ集める役目を、夫人に依頼していたのだ……と云ってました。

あたしだって、三十万円で田原氏の息子さんから買ったものが、七千二百万円に化けたんですから、いささか夢心地でしたよ。

朝鮮動乱が、休戦会談に入って、日本の景気がそろそろ悪化の兆しを見せはじめていた時でしたな。

銀行に、七千二百万円をそっくり預けると驚いてました。

それはそうでしょう。

当時の七千万円と云えば、いまにしたら、五、六億円にも相当するでしょう。

血のメーデー事件が、起きた年の春のことですから。

あたしは、二年前の火事に懲りて、それで鉄筋二階建のビルを、この金で建築したわけですよ。

しかし、むかしの物価は、安かったですなあ。総二階六十坪のビルが、一千万円そこそこで建てられたんですから。

ええ、むかしは二階を、倉庫兼住居に使ってました。

青山のマンションに移ってからは、住居部分を壊して、全部、倉庫にしましたがね。

さあ……手持ちの古本は、常時、一万冊ぐらいですかな。

東京の小宮さん、一誠堂さんには及びもないけれど、横浜ではトップでしょう。

あとにも、さきにも、この時ぐらい、ボロ儲けしたことはありません。

ちょうど、桜が満開でしてねえ。

ひとりで飲む花見酒が、実に美味しかったですよ、いや、強がりでなく。ヤッスーン氏も、十四冊、十三不塔みたいな手で、初版本を集めていて、それがきちんと揃った。

きっと大喜びしているに違いない。

あたしは、そう信じ切っていた。

……ところが、事実は、そうではなかったんですねえ。

あたしは、まんまと、してやられていたんですよ。

ヤッスーン家は、シェークスピアの『フォリオ』の初版本を、せっせと集めてたんですな。

それも、なんと七十三点です。

道理で、いくら、あたしが頼んでも、書斎をみせない筈ですよ……。

あたしから買ったと同時に、シェークスピアの蒐集で知られるスイスの銀行家に、なんと二百万ドルで、売却しているんです。

七億二千万円ですよ！

一冊二万八千ドルです。

この事実を知った時には、あたしは、つくづくと、自分はお人好しだなあ……と思いました。一度ならず、二度も腹を立てさせやがったわけで。

結局、あたしが持っていた初版本だけが、なかったんでしょうね。

それで、あれだけ夢中になった。

口惜しいじゃあないですか。

向こうの方が、さらに一枚上手だったとは情ない。

……そろそろ京都ですね。

今夜は、先斗町あたりで騒ぎましょうよ。

あなたのお父さんは、派手なことが好きだったそうですから、供養をかねて――。

第五話　五月《さつき》晴《ばれ》九《ちゅう》連《れん》宝《ぱお》燈《とお》

一

……どう云うわけか、最近は、著名人の自宅が火事になることが多い。

現職の大臣とか、歌手、コメディアンと云った風に……。

筆者は、病院に人を見舞うことは、原則としてしない。

見舞った人が、必ず死亡すると云うジンクスがあるからだ。

筆者が見舞いに行かなかった人物は、無事に退院して現在も元気で活躍している。

だが、出火見舞いとなると話は別であった。

——その日、私は、かねて面識のあるコメディアンの自宅が、全焼したことをニュースで知り、ちょうど目黒の叔父の家を訪ねる用件もあったので、若干の衣類を車に積み込ませ、出火見舞いに出掛けたのだった。

火事の原因は、石油ストーブに灯油を注いで、油が床にこぼれていたのを知らず、火を点けたがため、引火したものらしい。

夫婦は留守中で、二人の子供も、お手伝いさんも無事であったのが、せめてもの慰めである。

しかし、すべての家財は、灰燼に帰してしまっていた。

全焼したのだから、家族が、その焼跡に住んでいる道理はない。

なにしろ、火事の翌日である。

一家は、ホテルへ引き移ったらしく、その旨の木札が建てられてあった。

筆者は、助手の人に、ホテルへ衣類を届けるように云い、叔父の家へ立ち寄る。

三十分ばかり邪魔をして、久し振りだからと、ハイヤーを断って、権之助坂を歩いて登り、国電へ乗ることにした。

夕刻、都心で会合があったからである。

それまでに、若干の時間の余裕があった。

権之助坂は、めまぐるしく変貌していた。

筆者が知っている頃の権之助坂は、なにか灰色がかった冴えない地帯であった。

左角に銀行があり、バラックじみた家が並んでいて、橋がある。

この橋を渡り、ダラダラと登ってゆくと、権之助坂である。

坂の左右には、本格的な建物は乏しく、商店街も活気がなかった。

左手の飲み屋街、そしてパチンコ屋あたりが、活況を呈していたが、それも夜になってからのことだ……。

筆者の、それらの記憶は、昭和二十九年ごろのことだから、かれこれ二十年前ちかくになる。

〈うーん……変ったなあ〉

ひどく感心しながら、左右をキョロキョロ、観察しながら歩いている時、筆者の名前を呼んだ人があった。

「やあ、笠井さん!」

筆者は云った。

せどり男爵——笠井菊哉氏である。

珍しく彼は、モーニングを着込んで、めかしこんでいた。

「結婚式ですか?」

筆者は、そう訊いた。

「まあ、そんなところです。もっとも、帰り途ですがね」

彼は、鼻に小皺を寄せるようにして笑い、

「実は、友人が店を開いたので、ちょっと寄って行こうと思いましてね。若し、おひまなら一緒に——どうですか」

笠井氏は、左手でグイと飲む仕種をしながら筆者に云う。

都心での会合は、遅れて出席しても、さほど失礼にあたらない性質のものだった。

いや、ことと場合によったら、欠席したって構わないのである。

そんなわけで筆者は一も二もなく同意し、途中から、いま登って来た権之助坂を、また下ってゆくことになった。

案内されたのは、なかなか洒落た小料理屋である。

店の前には、『祝開店』と書いた花輪が、三つばかり並んでいた。

二人は、さっそく二階の小座敷に、通される。

渋皮の剝けた三十四、五の女将が、せどり男爵に挨拶にくる。

なかなか如才のない女将で、笠井氏には、例のセドリー・カクテル、筆者にはサントリー・オールドの瓶をあてがって呉れた。

笠井氏は常連かも知れないが、筆者の飲み物の好みを知っているのには驚いて、その訳を訊くと、笠井氏は、

「この人の旦那さんが、同業者でげしてね。留守番がてら、雑誌や本に、目を通していたんでしょう」

と笑って、

「それに彼女、文学少女だったんですよ」

と教えたものだ。

しばらくは文士仲間の話になった。

よくは判らないが、彼女の旦那さんが、脳溢血で倒れた為に、目白で開いていた古本屋を店じまいして、自宅に近いこの目黒で、生活のため小料理屋をひらいたのだと云うことらしい。

「目白から、目黒ですか？」

筆者は、そう云って笑った。

「でも、権之助坂でバッタリ会うだなんて、珍しいですね」

女将は云った。

「いや、火事見舞いの帰りなんです」

筆者は事情を説明した。

女将は、「ごゆっくり」と云い残して、立ち去ってゆく。

……そんなことから、二人の話題は、火事のことになる。

笠井氏は過去に一度、火災に遭っていた。だから火事の恐ろしさ、無惨さを、身をもって体験している。

「いやあ……火事と云うものは、大変なものですよ。世間の人は、火災保険をかけておけば、なんとかなると思ってるようですがね。とんでもない話です」

笠井菊哉氏は、俄かに熱を帯びた口調になった。

「あなただって、苦心して集められた古書が一万冊は、おありでしょう?」

彼は、云った。

「雑誌類を入れると、もう少し、あるでしょうね」

筆者は答えた。

「それ、御覧なさい。それらの古書が、忽ち灰になってしまうんですぜ。いつだったか、あなたは集めるのに、十五年かかったと云われたが、その十五年間の苦労が水の泡だ」

「なるほど?」

「保険金が入って来たって、なんにもなりゃアしません。金よりも、その苦心して集めた一冊の本の方が尊い。次に手に入れるまでには、どれだけ時間がかかることか……」

「云われてみれば、そうですな」

「絵画だって、そうです。世界に一つしかない名作も、燃えてしまったら、復元できゃアしません。そうでしょう?」

「うーん……。そう考えると、火事と云うものは、つくづく恐ろしいですね」

「とにかく、火元に気をつけねば、いけませんや……」

笠井氏は、自分で調合して、何杯目かのセドリー・カクテルをつくり、不図、筆者の顔をみて、目を輝かすと、

「……そうだ。火事と云えば、こんな話がありましたよ……」

と、おもむろに語りだした。

二

……迷宮入りとなった、有名なスチュアーデス殺しが発生した年のことである。

この事件は、昭和三十四年三月十日、BOACの日本人スチュアーデス（二十七歳）の死体が善福寺川に浮かんでいるのが、発見されたことから端を発している。

外傷はほとんどなく、当時の新聞は、グリーンのツーピースをきちんと着て、人形のように水深四十五センチの下流に仰向けになっていた……と報道している。

だから一時は、自殺説も飛び出した位であった。

ところが解剖してみると、膣内からO型の精液、着用のパンティからA型の精液のシミが検出された上、死因は絞殺と判定されたのである。

事件は、他殺として捜査本部が設けられたが、その容疑者として浮かび上って来たのがカトリック系の一神父だった。

この神父は、カトリック関係の宗教書の出版社に勤めていたが、被害者とも面識があり、更に深い関係にあったと想像された。

その上、容疑者は夜になると、スータン（僧服）を脱いで外出している。

ルノーに乗って、信者から贈られた麴町の空家へ行き、服を着替えてから被害者と逢曳きしていたものと考えられた。

しかも、その空家の鍵の保管者は、容疑者の神父であり、三月八日、九日とその空家に電灯が灯っているのを、近所の人が何人も目撃している。

被害者の死亡推定時刻は、九日の午後十一時から翌十日の午前三時までの間。

そして、容疑者のアリバイはない。

警視庁は、容疑者の神父が、被害者のスチュアーデスと原宿のホテルに休憩した事実、死の数日前、一緒に原宿で中華料理を食べていることなどを調べ上げ、重要参考人として出頭を求めた。

当局の意図は、神父の血液型を知ること、事件当夜のアリバイを求めることにあったのだが、容疑者は指紋や血液型を知られることを恐れて、水も飲まず、トイレに立っても、小便を丹念に流す……と云う用心深さを示して、当局の追及を、友人である神父の証言によるアリバイで逃げ切った。

そればかりか、日本の政界の大物に、信者から働きかけて、三カ月後の六月十一日夜、エール・フランス機で容疑者の神父は、とつぜん帰国してしまったのである。

これが、大体の事件の内容だ。

——ところで。

それから約二カ月後のことである。

麹町に住むイギリス国籍の弁護士の家屋から、不審火が出て、全焼してしまった。家族は、軽井沢に避暑に出掛けていて、無事だった。

ただ留守番の老人夫婦が、逃げ遅れ、焼死体となって発見されたものだ。

かりに、A弁護士としておこう。

このカトリック教徒は、警察から、自宅の全焼を知らされると、悲痛な声をあげて、

――やっぱり、狙われていた！

と、口走ったらしい。

しかし現場に、英語に堪能な者がいなかったがため、〝ビイ・アフター〟と云う言葉を聞き逃してしまったのだ。

これは〝つけ狙う〟と云う時に用いる慣用語なのである。

不審火だから、警察では、消防署の立会いの許に、出火の原因を調べた。

だが、放火とも、漏電とも、判定できなかった。

……次に起きたのは、やはりカトリック系の大学の図書館長の官舎（？）の火事だ。

この方は、翌三十五年の二月である。

B館長夫妻が、ローマへ旅行中に起きた火災であった。

調査の結果、放火と断定される。

と云うのは、人が住んで居らず、館長が旅行の前日、電力会社に命じて、電源を切らせてあったからだ。

浮浪者風の男が、数日来、附近をウロウロしているのを見かけた者があり、

——寒いので、無人を幸い、錠前を壊して浮浪者が入り込み、火の不始末から、火事を惹き起したのではなかろうか。

と云う説が立った。

——しかし夫妻の寝室の枕許には、十数万円も入った手提げ金庫があるのに、盗まれてすらいない。また、他に物色した形跡すらない。だから、これは館長夫妻に、恨みをもつ者の犯行ではないか。

との説も唱えられた。

捜査当局では、不法侵入による過失、怨恨などの二方面から、この事件を洗いだす。

館長夫妻は、法王庁の命令で、日本へ帰ることを禁じられ、証言もとれない。

当局の幹部の胸に、ふッと泛《うか》んだのは、例のスチュアーデス殺しの容疑者である一神父が、不意に帰国した事実である。

そして更に、その神父が離日してから二カ月後の八月十五日、ロイター通信が、BOACの操縦士三名、スチュアーデス四十数名を、密輸を行った容疑で解雇した……と報道して来たことも、思いだされて来た。

〈そうだ……。そう云えば、その前後に、麹町のイギリス人の弁護士の家が、焼けたっけ……〉

と、A弁護士を調べてみると、九月に家族を連れて帰国している。

解雇されたBOACのスチュアーデス達は香港―カルカッタ―カラチ―ベイルートを結ぶ極東航路の従業員ばかり。

殺されたスチュアーデスも、BOACに勤務していた。

A弁護士、B館長もカトリック教徒。

殺されたスチュアーデスもそうだ。

すると、カトリックと、BOACの密輸事件とのあいだに、なにかがあるのではなかろうか……と考えるのは、当然だろう。

その観点に立って調べてみると、いろいろと不審な点が出て来た。

被害者のスチュアーデスは、その前年度にBOACを受験しているのだが、採用規定が二十歳から二十五歳であったにも拘らず、彼女は、その規定を越えて採用されている。

彼女の英会話は、心許なかった。

実地教育のため、ロンドンに三週間、滞在したが、彼女は早朝、不意に外出したり、夜遅く宿舎に帰って来るような、不審な行動が多かった。

ロンドンの宿舎にあてて、例の神父が勤める出版社から、頻繁に手紙が届いている。

一方、A弁護士はどうか。

ロンドンから、家族づれで来て、ポンと麴町の家を買い、自宅で弁護士を開業。

よく人は出入りしていたが、どんな会社の仕事をしていたのか、明らかでない。

軽井沢では、夏のあいだ、ホテルを三部屋、借り切っている。

容疑者の神父が、僧服を背広に着換えていたとみられる空家は、歩いて三分とかからぬ位置にある。

高額の火災保険金を受け取ると、逃げるように帰国している……など、など。

B図書館長の行動も、腑に落ちないことが多い。

規則によれば、神父は十年に一度、有給休暇による帰国が許可される。

ところが、B館長は、毎年一回の割合で、帰国している。

そして火事で被災しながらも、当局の問い合わせに対し、

——法王庁の命により、日本赴任は中止になりました。

と回答して来ただけである。

これまた、考えようによっては、匂うではないか。なにか犯罪の匂いが！

捜査当局は、かくてBOACの密輸事件、カトリック系の滞日外人との結びつきに焦点を絞って、活動をはじめた。

三

……人間とは、先入観に捉われると、よくありませんな。

しばしば私なども、失敗してます。

たとえば、本の評価にしたって、地方の人は、古い本であれば高いのだ、と云う先入観を抱いている。

いまどき江戸時代の和歌の本や、漢文書なんて値打ちはありゃアしません。

しかし地方の人は、高く売れる筈だ……と思ってるんでげすよ。こいつは、われわれには困りもので、ね。

まあ、地方廻りで、良い本の出るのは、京都の斜陽族でがしょうなあ、最近は。

古書として値打ちのあるのは、多くは文科系の本でしてね。

それに蘭学時代の医学、理工学などの本は引っ張り凧です。

古い寺や、神社などが、所有している古書を放出して呉れれば有難いんですが、宝物扱いして決して外へ出さない。

まあ、どう云いますか、武家文書が現在のブームの中心でしょう。

いわゆる庄屋文書は、点数が少くて、それに研究する人も殆どありませんからねえ。江戸中期以後の庄屋文書なんて、値打ちはないんですよ。

西洋では、何百年の歳月を経た古書が、かなり出廻ってますが……日本は関東大震災、第二次大戦……と痛めつけられましたからねえ。そのため古書が焼失した。まったく勿体ない話で――。

いつでしたか、死んだ御主人が、大切にしていた長持だけを、助けようと、持ちだした未亡人がありましてね。

隣家からの火で類焼したんですが、未亡人は殆ど着のみ着のままです。死なれた旦那さんは、旧制中学の校長先生で、実に謹厳実直な人格者だったのだそうでしてねえ。

――主人が書斎に置いて、私や子供にも触れさせず、鍵をおろしてあった位だから、よほど高価なものに違いない。鍵を壊してよいから、中身を買って欲しい。

と、その未亡人が、横浜のあたしの店に、小型トラックで運んで来たことがある。さっそく鍛冶屋を呼んで、南京錠を壊させて、蓋をあけてみたら、なんと猥本がぎっしり詰まっているんですな。

未亡人、赤い顔をして、

――うちの人は、ジキル博士とハイド氏みたいな人だったんですねッ！　要らないから焼いて下さいッ！

と、オイオイ泣きだしましたよ。

大体、猥本を集めるのは、日頃しかつめらしい顔をしている人種ですね。

お医者さん、銀行の支店長クラス、校長先生……なんてのが、圧倒的です。

あたしも弱ってしまったんですが、焼け出されて困って居られることではあるし、日本橋のある料亭の主人にわけを話して、たしか五十万円で引き取って貰いましたがね。

火事も、時には、罪なイタズラをするもんですよ、ハッハッハ。

ああ、そうそう。

イギリスのA弁護士と、イタリアのB図書館長の不審火の話でしたな。

捜査当局は、例の神父と一緒くたにして、密輸事件の関係者と睨んだんですよ。

三人とも、帰国している。

従って、手がかりは摑めない。

そのうち、殺されたスチュアーデスが、容疑者の神父から、なにかを依頼され、断ったがために、扼殺《やくさつ》されたのではないか……と云うことになって来た。

空家で情交中に首を絞められ、口を封じられたのではないか、と考えたんでしょう。

ルノーに乗せて運ばれ、善福寺川へ死体を投げ込む。

橋の下あたりは、三尺ちかい水深ですからね。死体に、傷はつきません。

男は死ぬと、俯伏せになって流れ、女は死ぬと仰向けになると云うでしょう。

そして犯人は、自殺を装うために、橋の袂に、ハンドバッグを置いて逃走した……と推理したわけですな。

ますます密輸との結びつきの色が、濃くなってくる。

これも、先入観のためです。

例の神父と、彼女とが、密輸事件に関係していたことは、ほぼ事実らしいですが、ね。

ところが、そんな捜査を進めている矢先、世田谷にある幼稚園への放火事件です。

これまたカトリック系なんですな。

さあ、大変だ……。

当局は、色めき立った。

半焼でしたから、いろいろと証拠が残されている。

建物の裏に、教会附属の幼稚園があるんですが、その木造の園長室に、誰かが忍び込んで、ガソリンを撒いて放火した痕跡が、ありありとしているんです。

別に刑事じゃないから、あたしが見たわけではありません。

あとで聞いた話なんです。

園長室は、完全に燃えていたが、それを知った園長さんは、

——ああ、宝物が燃えちまった！　宝物が燃えちまった！

——神父さまに、なんと云って、お詫びをしよう！

と半狂乱になったそうで。

園長さんは、五十歳ぐらいの、品のいい、いかにも敬虔なカトリック教徒らしい婦人でしたよ。

この方には、あたしも会ってます。

調査にあたった刑事が、

――宝物って、なんだ？

――ダイヤモンドや金塊なら、燃えても出て来るが、なにもないぞ？

と詰問したそうで……。

これまた先入観が、こびりついている。

園長さんは、

――古い本です。世界に、幾つもない、珍しい本です。

と主張した。

すると刑事さんは、

――なあんだア。古本かア……。宝物でもなんでもないじゃアないですか。

と、かえって疑わしそうな顔をして、逆に彼女のアリバイ調べに躍起となった……と云うんだから、笑わせるじゃないですか。

本の値打ちのわからない人は、これだからねえ、まったく……。

もっとも、そんな値打ち知らずの門外漢が多いから、蔵書の整理のとき、あたし達がボロ儲けできるわけですがね。

これでまた捜査は、一頓挫してしまったんです。

その時、古本――彼女の云う〝宝物〟のことを、根掘り葉掘り訊きだしていたら、事態は新しい方向に進んだのですが……。

四

笠井菊哉の親類筋に、警察庁の要職についている人物がいる。

母方筋の親類であった。

ふだんは、あまり交際はない。

年賀状を交換したり、結婚式のパーティで顔を合わす位だ。

その人物から、笠井の所に電話がかかって来て、

「ちょっと知恵を借りたいから、来て呉れないか……」

と云う。

時間の約束をして赴くと、相手は、いきなり、メモ用紙を机の上からとり上げて、

「ええと……『コンペンジューム・スピリチュアリス・ドチェリーネン』……と云う本を知ってるか？」

と訊く。

「なんですって?」

笠井は、耳を疑った。

思わず、ドキンとなっている。

彼は吃りながら、

「そ、そ、その本を、売りたいと云う人が、あるんですか?」

と訊いていた。

すると相手は苦笑して、

「関西の、ある宗教関係の図書館から、盗まれたんだよ……」

と答えた。

「えッ、盗まれた?」

「そうだ……。外国へ流出すると、大変な損失となる。なんとか、犯人を捕えて呉れ……と云うオーバーな申し入れでね」

笠井の親戚である警視正は、そう云って、

「たった一冊の本のために、なにを大騒ぎしやがるんだろうと思ってさ」

と、軽い舌打ちをして、

「犯人も判らないのに、捕えるわけにはゆかん。まして、指名手配なんか出来ん! と、突っぱねたら、首相に直接、談判すると、いきまいてんだよ……。まったく、宗教家と云うのは大袈裟な連中で、困ったもんだ！」

と苦り切っている。

笠井菊哉は、その『コンペンジューム・スピリチュアリス・ドチェリーネン』と云う本が、実に貴重な本であることを知っていた。

本の標題は、訳すと『精神修行の要領』と云うことになるだろうか。

そしてそれは、幻の稀覯本と云われているキリシタン版の中の一冊だったのであった。

……日本にキリスト教が伝来したのは、一五四九年（天文十八年）のことだと云われている。

有名なフランシスコ・ザビエルが、もたらしたのだ。

それから約五十年後――。

ポルトガルから、アレッサンドロ・ヴァレニャーノと云う宣教師が来日した。

その時、彼は、印刷工数名と、洋式の印刷機を土産に持参したのだった。

ヴァレニャーノ宣教師は、九州の長崎、天草などで、キリスト教伝道のために、宗教読本をつくった。

漢字仮名の国字本は、日本人に布教するためのものである。

ローマ字本（ラテン語とポルトガル語の対訳が使われている）は、これから来朝する外人宣教師の語学習得のために印刷された。

だが、これらの日本ではじめての、洋式印刷による書物は、キリスト教弾圧のために、或いは焼かれ、或いは散佚《さんいつ》してしまってゆくことになる。

いったい何種類の本が、つくられたのかは明らかではない。

ただ天正十八年（一五九〇年）から、九州の加津佐で印刷が行われたことだけは、明らかである。

そして現在、所在がはっきりしているキリシタン版は、二十九種とも、三十一種とも伝えられている。

一種類で、何部、印刷したのかも、判然としていない。

時の為政者も、莫迦なことをしたものであるが、いまさら悔んでも仕方のないことなのであろう。

笠井は、警視正に、そう説明してやった。

すると相手は、

「じゃア、国宝だな?」

と云う。

彼は、〈ヤレ、ヤレ……〉と思った。

官僚の頭脳と云うのは、どうして、こう単純に出来ているのだろうかと、次第に肚立たしくなって来た。

笠井は、その『コンペンジューム・スピリチュアリス・ドチェリーネン』が、どこの宗教関係の図書館に所蔵されているか、知っていた。

「たしか、あそこには、キリシタン版の本は八冊あった筈なんですがね?」

と云ってみると、

「ああ、そう云ってた。『太平記抜粋』とか云う本もあると云ってる。いや、あったと云うべきかな?」

「えッ、すると、八冊とも、盗まれたんですか?」

「いや、七冊だ……」

「と、云うと?」

「たしか、『ぎあど・ぺがどる』と云う本だけが、助かったようだね」

「それはまた、どうして……」

「なぜか、修理に出してあったようだね。だから、陳列ケースには並んでなかった」

「なるほど、なるほど」

笠井は肯いた。

すると今度は相手は、

「国宝ではないとしても、だ……。一体、どの位の値打ちがするものだい?」

と訊いてくる。

「まあ、今なら一千万円を、下らないでしょうな。なにしろ、マニラのアウグスチーヌ派の僧院と、北京の旧ヤソ文庫にしかない本なんですよ。つまり、全世界に、たった三冊しかないんです、『コンペンジューム』は！」

「えッ、一冊で一千万円？」

「そうですとも」

「いくらなんでも、きみ、そりゃア高すぎる」

「物価統制令違反だとでも、云いたそうなお顔ですな……」

笠井は、心の中で軽蔑しつつ、

「あなたにとっては、ただの紙クズでも、必要な人には、大金を支払っても、手に入れる価値があるんです」

と云ってやった。

「すると、神田の古本屋なんか、相当な財産家だな……。きっと、脱税しているに違いない。この点は、どうなんだね？」

相手は、検察官みたいな口吻になる。

「しかし、あなたにとっては、毎度お馴染みチリ紙交換と同じでしょう？」

笠井は、さらに皮肉を浴びせて、

「キリスト教系の大学なら、金に物を云わせて、その七冊を一億でも、二億でも、引き取るでしょうね……」

　と教えた。

「それは、許せん！」

　警視正は、テーブルを叩いた。

「なぜです？」

「だって、贓品《ぞうひん》じゃないか。しかも二億円の価値のある！」

「しかし、下手に騒いで、貴重な天下の珍書を、焼かれでもされたら、つまりませんよ。あと一冊は、残ってます」

「それはそうだが――」

「私が心配なのは、犯人が、それを売る気があるのか、あるいは所蔵する気なのか……と云うことですね」

「むろん、売るだろう」

「日本で売却せず、外国で売られると困りますね。一応、準国宝の指定品ですから」

「それみろ。やはり国宝じゃアないか」

　相手は、威丈高になる。

　笠井菊哉は、じいっと考え込んだ。

　値打ちを知っているからこそ、犯人は盗んだのであろう。

そして、売って呉れるのならば、まだしも救いがある。

その価値を知悉している人が、買い求めて大事に扱って呉れるからだ。

だが――個人で所蔵する気ならば、危険なことが起きかねない。

第一に、完璧な保存がむずかしいから、せっかくのキリシタン版も痛む。

なにしろ約四百年前の古書なのだ。

また価値を知っている本人が、ポックリと死ぬ。

その場合、遺族がクズ屋に払い下げないとも限らないのである。

これが、怖い。

彼は注文を一つだけつけた。

「どうか、新聞には発表しないで下さい」

と――。

「うむ。先方も、そう云っとる」

警視正は、ふんぞり返ってから、

「それで、なにか方法はあるかね？　犯人逮捕の……」

と猫撫で声になる。

「陳列室に、警官を、平服で配置してみて下さい。そして怪しい挙動の者を、チェックするのです……」

彼は、そう提案した。

五

十日ばかり経った頃、笠井菊哉は、関西へ行く用事が出来た。

それで幸便《こうびん》とばかり、七冊のキリシタン版を盗まれた図書館へと、足を伸ばしてみた。

館長に挨拶して、警備についている警官を呼んで貰った。

件《くだん》の『ぎあど・ぺがどる』が、修理を終えて、展示されている陳列ケースに、接近する者を素知らぬ顔で監視していたが、入館者の大半は無関心であったと云う。

図書館であって、博物館ではないのだから当然といえば、当然と云えた。

むろん、壁に説明書が貼られてある。

「ただ一人……変な様子をみせた女の子がいました」

若い警官は、赤いネクタイを気にしながら云った。

「と、云うと？」

笠井は問い返す。

「陳列ケースの、横のガラスを、掌でこすりながら、私の方に背中を向けて……」

「ほほう」

「壁の説明書の方に、必要以上に上半身を傾けているんです」

「ふーん？　それで」

「ただ、それだけです」

「ちょっと怪しいな……と思って近づくと、彼女はバツが悪そうに離れて歩きだしたんですよ……」

——警官は、彼女を呼びとめた。

図書館に入って来ながら、本を借りて読むでもなく、帰って行こうとしたからだ。

——もし、もし。お嬢さん。図書室は、あっちですよ。

と、彼は云った。

すると彼女は、

——いいんです。

と返事をしたのだった。

——なぜ、いいんです？　良い宗教関係の本が、いっぱいありますよ？

——いいんです。あたし、キリシタン版を見学に来ただけなんですから。

——なるほど、そうでしたか。学生さんですか？

——はい。神戸の女子大にいます。

——専攻は、なんです？

——宗教学科ですの。

――ひどく壁に、躰を寄せてましたけれどお加減でも悪いのでは？

警官が、そう云うと、彼女は、

――失礼ね！　あたし、近眼なんです。

と答えて、駈けだして行ったのだそうだ。

〈なにか、匂うな……〉

笠井菊哉は思った。

案内して貰い、陳列ケースを丹念に調べてみると、ちょっと見た目には判らないが、ガラスに傷がついている。

明らかに、ダイヤで傷つけた痕だ。

警官は、驚いて、

「そう云えば、彼女……左手に指輪をしてましたわ……」

と云った。

「ダイヤの方を、掌側に廻していたんだね」

笠井は眉根を寄せた。

〈やはり、臭い！〉

と思った。

だが、うら若い女子大生が、キリシタン版などを、なぜ盗むのだろうか？

彼は、館長室へ戻って、

「ところで、キリシタン版は、日本にどの位あるんでしょう?」

と質問してみた。

笠井は、宗教書は扱わない。

その点、館長は専門家である。

「さあ……うちに八冊、東洋文庫に三冊ですね。あと上智大学、水戸の徳川家、大浦天主堂ぐらいのものでしょうな」

館長は明快に回答した。

「ほかには、誰か?」

「ああ、世田谷の幼稚園の園長さんが、落丁した端本ですが、教会から頼まれて、保有しておられましたな」

「ほう、なるほど」

「いつだったか……イギリスの弁護士の方がうちに来られて、自分もニューヨークの書店で発見した、と云っておられましたね」

「ほほう……いつですか?」

「戦後だそうです。たった五千ドルで、買い求めたと自慢してました」

「へーえ、探せばあるもんですな」

笠井は感心して云った。

「外人の方は、信心深いので、そうした宗教書をよく、お集めになるようです」

館長も彼も、専門こそ違え、共に本を扱う人間同士である。

二人の話は、弾んだ。

その会話の途中、館長が、

「そう、そう。いつか、カトリック系の大学図書館長の家で、火事がありましたね」

と思いだしたように告げた。

「しかし、館長の家が燃えただけで、図書室に被害があったとは聞いてませんが」

笠井は云った。

商売柄、また自分の体験上、本屋だの、図書室などの火事は、大いに気になるから、とくに注意して新聞は読んでいる。

「そうじゃあ、ないんです」

相手は首をふった。

「と、云いますと？」

「実は、あの大学に、ローマから、キリシタン版の『いのりの書』の実本が、寄贈されることになってたんです。それは、大学の創立記念祭の折に、新聞記者を集めて、発表する予定だったとか……」

「なるほど、なるほど」

「まあ、これは海を越えての噂ですから、よく判りませんが……館長は、自宅の寝室にそれを納っていたらしいんですね」

「ふーん。あり得ることですな」

「ところが、不審火から、焼失してしまったわけで」

「うーん……本当だとすると、実に惜しいことをしましたねえ」

彼がそう云うと、館長は、

「なんでも、それが原因で、法王庁からひどく叱られたらしいですよ。夫妻とも、禁足を食ったとか、食わないとか云う噂です」

と低い声で呟き、

「同じ図書館の仕事に携わる人間の一人として、その方に同情してたんですが……今度は私の方が、こんなことになってしまって！」

と歯痒そうに告げた。

「ちょっと、待って下さいよ！」

笠井菊哉は、叫んだ。

「どうしたんです？」

相手は、顔を歪めた儘、問い返した。

「あなた……いま、なんと仰有いました？」

「私の方が、こんな不祥事を惹き起してしまって、情ないと……」

「あなたのお話を、お伺いしていると、ここ二、三年のあいだに、矢つぎ早やに、キリシタン版の珍本が……」

「ええッ！」

ギクリと、館長は、顔を強ばらせ、咽喉に棘でも突き刺さったような表情になってゆく。

「あたしも、うっかりして聞いてたんですけれどね……どうも、変だとは、お思いになりませんか？」

「……」

「キリシタン版を所有している人物の家から三回も火事が起きている……」

「うーん……」

館長は、唸りだした。

「お宅の場合は、おそらく図書館の中に隠れていて、夜になるのを待ち……」

「そ、それしか考えられません！」

相手は、声を震わせた。

「陳列ケースのガラスに、セロテープが縦横にベタベタ、貼りつけてありましたから！」

「そうしておいて、ガラスを壊し、他の物は奪らず、キリシタン版だけ盗んでる……」

「うーん……そうだ、そうだ……」

館長は、肩を震わせながら、大きく腕を組んで叫んだ。

「きっと、ビブリオクレプトの仕事だ！」

と――。

「あたしも、そう思いますね」

笠井は、大きく肯いた。

ビブリオクレプトとは、盗書狂とでも訳したらよいだろうか。

早い話が、本盗人であった。

この盗癖をもった人間は、世の中には、意外と多いのである。

特に学者や、蒐集家に多い。

いわゆる万引きして、それを売って小遣銭に替えるような輩とは違い、その盗癖は、本に対する偏執的な愛着から来ているのだから始末がわるいのだ。

愛書家であるが故に、手に入らない本となると、ついつい盗むのである。

画家は、自分のアトリエには、絵描き仲間を絶対に入れない。

それは、描きかけの絵をみて、自分の技法を盗まれたくないからである。

これと同じことで、学者や、評論家は同じ仕事に携わっている人間を、書庫に入れたがらぬ。

自分のネタ本を、知られたくないこともあるだろうが、そんな同僚に限って、盗書狂が多いからである。

「きっと、キリシタン版だけを、集めている人間だ……」

館長は歯軋りしている。

「あなたの記憶で、足繁く、この図書館に出入りしていた人物はありませんか？」

笠井は訊いた。

「それは、何百人とやって参りますが――」

「その中で、キリシタン版のことを、矢鱈と質問した人物は？　たとえば、誰が持っているかとか……」

「うーん……」

館長は、部屋の中を歩き廻っていたが、

「心当りが、なくもありませんな。しかし、証拠のないことですから……」

と口惜しそうに云う。

多分しかるべき二、三の人物を、思いだしたのであろう。

「神戸の女子大で、宗教学を教えているところは？」

笠井菊哉は云った。

「待って下さい。本人を傷つけても、いけませんし……」

こうなると年長者だけに、館長の方が慎重である。

「とにかく、心当りを調べてみて、その怪しい人物の名前が判ったら、警察にコッソリ届けられるんですな。そして、極秘裏に、その不審火当時のアリバイを調べて貰ったらよろしいでしょう。そうしたら、犯人の焦点が絞られて来ます……」

「なるほど、そうですな」

「イギリスのA弁護士の邸宅、イタリアの図書館長宅、世田谷の幼稚園の不審火の時の模様は、すぐ警視庁から資料を貰って、お送りしますよ……」

「そうして下されば、助かります」

「われわれの推理に、間違いがなければ、犯人は他へ売ることはしないでしょう。むしろわれわれ以上に、丁寧に保存するでしょうからね、ビブリオクレプトなら……」

笠井菊哉はそう云って笑い、

「しかし、警察が動きだしたと知ったら、証拠湮滅のために、なにをするか判りませんから、その点を、くれぐれも警察に注意を与えておかないと……」

と念を押した。

「いやあ、ちょっとした名探偵ですな、笠井さんは……」

館長は、暗闇の中に、曙光を見出したと云う感じで、嬉しそうであった。

六

——二カ月後のことである。

神戸六甲山の中腹の崖に、全裸の女性が死体となっているのを、ドライバーの一人が発見して、警察へ届け出た。

パンティすら、着けてない。

ロープを利用して崖を伝い、死体を仰向けにした係官は、ゾーッとしたという。

顔を岩にぶっつけたとみえて、見るも無残な——腐ったトマトを叩きつけたような形相になっていたからである。

死体は、解剖に付された。

その結果、直接の死因は、絞殺であることが判明。

さらに被害者は、死の直前、O型の血液をもつ人物と、情交していたこと、そして妊娠五カ月であることも判った。

推定年齢は二十三、四歳。

体格は、小柄な方であった。

事件が報道されると、

——もしや家出している、私の娘では？

と尋ねたり、問い合わせて来るものが、続出したが、いずれも該当者はない。それで公開捜査に踏み切ったが、一週間後に、同じ場所で、乗用車の飛び込みが起きたのである。

車は炎上して、飴のようにひん曲り、死体は黒焦げになって、残っている部分の方が少なかった。

この方は、車のナンバーから、所有者を割り出せた。

ある私立大学の助教授で、児島という人物である。

本人の足取りから考えて、彼にほぼ間違いないことが推定された。

大量に酒を飲んでいるので、酔っぱらい運転が、死のダイビングに繋ったのだろう……と新聞は報道したのである。

ところが、児島の先輩にあたる人物が、児島の遺書をもって、警察を訪れたところから事件の真相は、直ちに解明されたのである。

殺されたのは、児島助教授の、私設秘書——というより、愛人であった台湾人の女性であった。

二年前、児島の教え子だった彼女は、死ぬまでに二回も堕胎しているが、これは児島の子胤だとみられる。

台湾からの留学生で、二年前に、大学を卒業している身であり、児島と同棲中なのだから、いくら公開捜査しても、判らなかったのである。

遺書の内容は、次のようなものだった。

『大学で、宗教学を講じるようになってから私は、ある古書に取り憑かれた。

それが、私の犯罪に繫ってしまうようになったのだ。

その古書とは、キリシタン版である。

はじめは、宗教迫害史を執筆するための資料として眺めていたのだが、国内に意外とキリシタン版をもっている人が多いのを知り、どうしても手に入れたくなった。

金では譲って貰えない。

準国宝級の本である。

そう思うと、私はどうしても、手に入れたくなり、一年間をかけて、所有者のリストを作り上げたのだった。

最初の三冊は、盗んだ。

八冊を所蔵しているところは、よく出入りして知っている。

だから、これは、あと廻しにした。

東京での三冊は、手古摺った。

イギリス人の弁護士の家が、留守を幸い、忍び入って書架から盗み、アイロンのスイッチをかけたまま逃げた。

まさか、留守居の老夫婦がいようとは、知らなかったのである。

〈俺は、殺人を犯してしまった！〉

と思うと、私は自棄ッぱちになった。

カトリックの図書館長の家に、火を点けて〝いのりの書〟を手にした時には、感動のあまり失禁した位だ。

幼稚園の方は、端本で失望したが、ともかく手に入れた。

マージャンの手に、九連宝燈という見事な手がある。

一・一・一・二・三・四・五・六・七・八・九・九・九という牌順で、むろん清一色でなければ成立しない。

これは、一と九が三枚ずつで、二から八までが順序よく一枚ずつだ。そして、どんな牌がきても、同種類であれば和了《あが》れる。

珍しい手である。だから九連宝燈という名が生まれたのだろう。

キリシタン版を、先ず最初は盗んで三種類とった。

次は、放火で三種類だ。

このあと、ある宗教の図書館から、八種類ほど盗めば——和了《ほーら》だ。

私は、盗みに入り、成功した。

ところが八冊あると思ったのに、一冊だけ、欠けている。

口惜しかった。あと一枚なければ、九連宝燈は完成しない。

当時、私は同棲している台湾人の女性から強く結婚を求められていた。

それで、〝ぎあど・ぺがどる〟を盗んで来たら、結婚するといったのだ。

しかし彼女は失敗し、どういうわけか、警察に呼ばれた。

大したことではなく、旅券の期限切れである、との注意だったらしいが、彼女はキンキン声で、

——結婚して呉れないのなら、警察へ行って、盗みに行かされたことを話す。

と私を日夜、脅迫するようになる。

どうせ老夫婦を焼死させているのだ。

あと一冊、手に入れて、図書館の陳列ケースのキリシタン版で、九連宝燈をつくってやろうと思った。

私は、夕食のあと、六甲山へ彼女をドライブに誘い、暗い林の中で、カー・セックスを求めた。

しかも全裸で、である。

彼女は、これに応じた。

私は、射精しながら、彼女の首にストッキングを巻きつけ、下る時、前後に車がないの

を見澄ましてから、小柄な彼女の足首をもって引き出し、垂直に落したのである。

外国人だし、身許は割れないという、自信はあった。

そして、私の思惑通りに、ことが運ぶかにみえた。

ところが、一昨日、私は警察に任意出頭を求められ、過去に溯って、アリバイの有無を執拗に追及された。

いずれも、東京での放火の時期だ。

私は、もう逃げられぬと、観念した。

暗い刑務所へ入れられるよりは、自殺した方がましだ。

……残念ながら〝キリシタン版九連宝燈〟は、未完成に終った。

しかし、道連れにするには忍びぬので、リストと共に、銀行の貸金庫へ預けておく。

これが、せめてもの私の良心である。

怪盗ビブリオクレプト氏、遂に死す。

でも、かえすがえすも、口惜しい。

この気持は、他人にはわからないだろう』

スチュアーデス殺しを追っていた捜査当局は、A弁護士も、B館長も、密輸に無関係だと知ると、がっかりしてしまった。

七

……ハッハッハ。

疑心、暗鬼を生ず、と云いますが、本当に阿呆な話でしてね。

しかし、本当の書盗は、殺人をやりかねないんですよ。

百年ほど前になりますか、ドン・ヴィセントと云う男がいましてね。

この男は、スペインのタラゴーチの僧院で書庫番をしていたんですな。

根は、無学ですが、門前の小僧、習わぬ経を読むというやつで……僧院で大切にしている本ばかり、読むようになった。

もっとも、中身でなく、標題——つまり背文字とか、表紙ですな。

そして僧院をずらかる時、ゴッソリ、その貴重本を持ちだして、バルセロナで古本屋をひらいた……ってんですから、まるで泥棒市の本屋みたいなもんで——。

よく本物の美術品を扱う店で働いているてえと、目が肥えて来て、パッと見ただけで、

〈これはニセモノだ〉

と小僧さんでも、わかるようになると云いますねえ。

あれと同じことで、大巻の書物の中で暮して来たヴィセントは、いつしか立派な目利きになっていたんでしょう。

次第に、街の人から尊敬されるようになって来やしてね。

ある時、一四八二年に、スペインで最初の印刷家である、ウンベルト・パルマート氏がつくった珍本が、競売されることになったらしい。

世界に二冊とない稀覯本で、たしかヴァレンシアで印刷した本だと聞いてます。

その本が、競売にかかると云うんで、ヴィセントは、方々から借金したりして、金策すると競売場へ赴いた。

結局、バックストットと云う、彼にとっては商売仇の古本屋と、最後まで争い、ヴィセントは十四ペセタとか、十五ペセタの持ち合わせが不足していて、そのために商売仇にとられてしまうんですね。

まあ、日本の金で、五円だけ不足したと云うことですよ、ええ。

当時は、現金を積んで、争ったものらしいんですよ。

彼は、大いに口惜しがった。

なにかの本に、その時のヴィセントの顔は鉛の塊りが、歪んだ如くであった……と書いてありましたがね。

ところが、間もなく、バックストットの家が火を出して、主人は焼死体となって発見された。

つまり、ヴィセントが、その本欲しさのあまり、相手を殺して物色し、放火していたんですよ。

それ以降、バルセロナ市の愛書家が、ときどき殺される。しかし、金銭の被害はない。変だと思って、ヴィセントの家を調べてみると、例の焼けた筈のパルマート本が、出て来た。

そこで逮捕されたんですがね、なんと云うか面白い男でして。

取調べの刑事が、彼に、

――お前は何人も殺害したが、金銭はなぜ盗まなかった？

と訊くと、カンカンになって怒りだして、ヴィセントは抗議したそうですよ。

――強盗と一緒にされては困る！

って、ね。ハハハハ。

ところが、パルマート本は、パリの図書館にも一冊あったんです。

それで弁護士が、公判廷で、この事実を指摘して、

――裁判長。世界にただ一冊と云う保証があるのならとも角、まだ他にもパルマート本はあるかも知れない。従って、世界無二の本を所有していたと云うことを証拠に、ヴィセントを裁くのは危険である。

と、云ったんですな。

彼の命を助けようとしたんでしょう。

すると途端に、ヴィセントは号泣しはじめた。

そこで裁判長が、彼に向かって、

——お前もようやく、自分の犯した罪の深さが判ったらしいな。賞めてやる。

と云うと、ドン・ヴィセントは、

——ああ！　あの本は、世界でただ一冊の本ではなかったのか！　裁判長。私は、それが口惜しいんです！

……ハッハッハ。

どうです。この書盗ぶりは！

悪人ながら、憎めないじゃアないですか。

児島と云う助教授は、まあ、小型ヴィセントでしょうね。

本当に変な話ですが、本に憑かれると、児島みたいのやら、ヴィセントのような、放火殺人者が生まれるんです。

だから、古書は恐ろしいですよ。

欲しい、欲しいと思うもんだから、目付が坐ってくる。

われわれみたいなプロになりますとね、店へ入って来た客の顔つき、目配り、歩き方で判りますね。

あ、買うな……って、ね。

また前に来て、下見して行く客がある。

こんな客は、わざと不要な本を二、三冊、抜きとりまして、本当に必要な本は、さりげなく下にすべり込ませて、重ねて帳場の方へ持ってくる。そして値切るんです。

——この本だけは、負けられません。

と云うと、敵もさる者で、

——じゃア、元へ返しとこう。

と棚にわざわざ戻しに行ったりする。

こちらが慌てて、

——ようがす。負けやしょう。

と声をかけるのを待ってるんですよ。

その気持が、背中にありありと滲み出ていますよね。

でも、あたしには、どの本が本命なのか、わかるんです。

そして、その客が、〝せどり〟しようとしていることもね、ハッハッハ。

〝せどり男爵〟の店で、せどりしようってんだから、近頃の客は図々しい。

まあ、セミ・プロですね。

しかし貧乏な学生、あるいは先生などで、欲しいけど買えない……と残念そうな表情をしている客には、思い切って値引いてお売りしますね。

それこそ万引きでもされた日にゃア、たまったもんじゃアない。

まあ、客をよく見て、売り買いするんで、古本屋だって、人情がないわけではないんですよ……。

宗教書には、まだいろいろ珍本、奇本があるんですが、またの機会にしましょう。

そろそろ、いかがですか。

銀座へでも、お供しましょうか。

どうも、昼間の酒は酔うようですな。

え？　ドン・ヴィセントですか？

たしか一八三六年、絞首台の露と消えましたよ、五月晴の日だったそうです。

第六話

水《み》無《な》月《づき》十《しい》三《さん》么《やお》九《ちゅう》

一

……このところ、私は都心のホテルを転々として、仕事をしている。

別に家庭的な事情があるのではない。

市ヶ谷の自宅にいると、なんだ、かんだと電話だの来客があって、その応対に時間をとられるからである。

まるで相手変れど主変らず……と云った状態で、ヤレ、ヤレと思ってしまう。

友人の紹介状を持って来たので、応接間に通してみたら、生命保険の勧誘であってみたり、コンビを組んでいる画家の電話があったので会ってみると、インチキな李朝染付の皿の売り込みであったりするのだ。

それで家にいては、仕事にならないと思って、ホテルを泊り歩く生活に入った。

一仕事が終ると、家に帰り、下着を取り換えて、また家を出る。

なんとなく、けじめが一区切りつくようでかえって爽快ですらある。

ホテルと云うものは、使い方によっては、なかなか便利なものだ。

世間の人は、ホテルとは泊るところか、結婚披露のパーティ会場だと考えているようだが、とてもそんなものではない。

私のように、昼型の文士は（文士には昼、仕事をするタイプと、夜、仕事をするタイプとがある）、かえってホテルの部屋の方が、落ち着いた仕事ができる。

なぜなら泊り客は、大体において、朝はやく出かけてゆくからだ。昼間は、ガランとして、いないのである。だから、心静かに原稿用紙に向かえる。

お茶にしろ、ビールにしろ、電話一本で、部屋へ届けて貰えるし、布団の上げ下ろしだって（私は、和室しか使用しない）全部、メイドさんがやって呉れる。

ワイシャツが汚れれば、即日クリーニングと云うものがあるし、腹が減れば、ルーム・サービスもあれば、地下には名店街などと云うものもある。

便利、この上ないのである。

私は、なぜ日本人は、葬式にホテルを利用しないのだろうかと、不思議に思っている一人である。

ホテルは交通至便な位置にある。

車を駐めるところも、十分に用意してある上に、広いパーティ会場があるのだ。

葬儀には、うってつけではないか。

祭壇をつくって、参加者は、焼香を済まして、三々五々、帰ってゆく。澱みなく人は流れ、短い時間で、ケリがつくのである。

青山斎場などの葬儀の混雑ぶりを思う時、私はホテルをもう少し利用したらよいのではないか……と考えるのだ。第一、警備員だのトランシーバーだのと云う、厄介なものが要らないだけでも助かる。

隣りの会場で、結婚披露宴があって、縁起を担がれるかも知れないから、葬儀は、お経など読まずに献花方式にする。

これだと、手軽でいい。

生身の人間だって、死んでしまえば、物体である。なにも宗教の力を借りなくたっていいのである。

要は、その故人の生前の徳を偲び合うことなのだと、私は思う。

だったら、なにも青山斎場だの、寺だので仰々しく葬式を営む必要はないではないか。香奠《こうでん》めあてなら、話は別であるが——。

ところで、その日、私は午前八時ごろに起床し、クラッカーとビールだけの朝食で、仕事にとりかかった。

喀血以来、仕事量を減らしている。

目下、新聞二本、週刊誌三本、月刊誌二本と云う連載量だ。

むろん対談だの、単発ものの小説だの、随筆だのと、いろいろと仕事はあるが、出来る限りセーブしている。いくら稼いでも、税金にとられるだけだからだ。

正午ごろに、新聞二本と、週刊誌一本があがり、チキン・カレーライスを部屋に運んで貰って、近く発行される新刊本のゲラ刷りに手を入れている時であった。

電話が鳴り、反射的に受話器をとると、

「やあ、笠井です、横浜の——」

と云う懐かしい声が飛び込んで来た。

せどり男爵である。

私は、ビックリした。

ホテルの仕事場は、編集者にも教えていない。家族だって、ワイフと、助手が知っているだけなのだ。

「よく、ここが、お判りですね」

私は云った。

「なあーに、フロントの人が、あなたが泊ってますよ……って、教えて呉れたんです」

笠井菊哉氏はそう告げ、

「実は、いま、面白い方とお会いしてますんでね……」

と云った。

「面白い方と云いますと？」

私は問い返した。せどり男爵が、受話器を握りしめながら、ニコニコしている感じが、そのまま伝わってくるようであった。

「すぐ、出れますか？」

笠井氏は云った。

「ちょっと、ゲラ直しに手間取っているんです。一時間か、一時間半後なら——」

私は答えた。それは出版社の都合で、どうしてもその日のうちに、目を通しておかねばならない仕事であった。

「では、ちょっと待って下さい」

笠井氏は、いったん電話を切り、ふたたび電話して来た。

そして、せどり男爵は云った。

「築地に、〝酒舟〟という店があるのを、ご存じでしたかね？」

私は、即座に応じた。

「ああ、新富町の——」

と——。

「あそこへ、これから行ってます」

「はあ、なるほど」

「ご紹介したい方は、本の蒐集家では、ないんです」

「すると……どんな方です？」

「装丁家です」

「あのう……本の装丁？」

「……そうです」

「いったい、どこが面白いんです？」

「まあ、お会いになったら、判りますよ」

せどり男爵——笠井菊哉氏は、そう笑って電話を切った。

私は、なぜか胸騒ぎがした。

〈もしや？〉と、思ったからである。

私は、勘は割合と鋭い方で、〈もしや？〉と思ったことが、必ず当ってしまう。たとえば大雪の夜、酒場にいて、

〈今夜は、S氏に会いそうだな……〉

と思うと、酒を碌すっぽ飲まない、そのS氏が来てしまう。

その勘の働きは、対人関係に限られていることも、不思議である。

私は、それから、シャカリキでゲラ直しの仕事にかかった。予感と云うか、勘の閃きが、

そうさせたのであろう。

二

……こっちはね、佐渡さんと仰有って、新潟の方なんです。名前からもお判りのように、ご先祖は、佐渡島の出身らしい。まあ、金掘り人足の、取締りでもやられていたんではないですかな。徳川時代、佐渡の金山といえば、有名ですからねエ。

高田中学から、一高理乙へ進まれたんですが、なにを思ったか、自発的に退学なさってね……ドイツへ行かれたんですよ、ええ。

そして、そのドイツで、変な病気というか……そんな云い方をしたら失礼かな……しかし私共からみると、そうとしか云えない。

本の装丁ですな。

それに魅入られちまった。

人間てえものは、なにかキッカケがあると曲っちまう。

外国では、本は、自分の好みによって装丁する風習があるんですよ。

たとえば、詩集なんかをね。

二十部ぐらいの限定出版で、自分の趣味に合わせて装丁する。これがまた蔵書家としては、いうにいわれぬ楽しみの一つで……。

　こちらの佐渡さんは、ドイツのハンブルグに留学されている時、ヤンピで表紙を装丁した……つまり、山羊の皮ですな……その本を見た時から、狂っちまった。

　狂ったと云うとオーバーですが、それ以来というものは、変った装丁の本を集めようとなすったのですなあ。

　ところが、なかなか自分の思い通りの本が集められないし、金も時間もかかる。

　それにもって来て、第二次世界大戦が始まった。そこで日本へ帰国されたんですが、大地主だから、金にも米にも困らない。

　佐渡さんは、

〈よし、自分で本の装丁をしてみよう〉

と考えたんです。

　なにしろ、戦争中ですよ。

　あの頃、女性はみな、モンペ姿でした。紺ガスリか、なにかのね。

　それで、紺ガスリの本を装丁した。

　たしか五十部限定の詩集で、あまりパッとしない詩人の作品ですが、いまでは一冊三千円はしてますよ……。

　この布装丁時代が、かなり長く続くわけでしてね。

贅沢だって、当局から叱られたけど、

——廃物を利用して、なぜ悪い。

と、逆ネジを食わせながら、装丁したと云うんですから、ちょっとした硬骨漢で。

ただ装丁と云うと、よほどの愛書家でも、たかが職人仕事と思っている。

または機械で、自動的に製本されてゆくものだと考えてます。

しかし、そんなチャチな装丁では、一文の値打ちもないんでしてね。

一冊、一冊、手づくりで装丁するからこそ値打ちが出るんです。

その本に、愛情が籠っている。

これが価格をたかめてゆくんですな。

いまどきの、新書判と云うんですか？　あんな本でベスト・セラーになったって、愛書家は見向きもしませんや……。

つまり、早い話が、本が恋人なんです。

その恋人に、似合った服を着せてやりたい……と云う気持なんですな。

恋人になら、男だって、いろいろと考えるでしょうが。

パンティは何色がいいとか、黒いスリップは娼婦的だから着せたくないとか、あの服には白い靴を履かせたい……とか、ね。

それと同じことなんですよ、装丁の仕事というのは——。

佐渡さんは、いまでは日本一……いや、世界一の装丁家でしょうな。

なにしろ家財を蕩尽して、本と云う恋人に貢いでいる。

とにかく道楽としか、云いようがない位ですよ。

むろん、気に入った本でなければ、仕事しません。

それは絶対に――と云った方が、よい位ですな。

外国からの依頼の仕事が、近頃はめっきりと増えているそうでしてね。

日本までは、手が廻らない。

ところが、なにを思ったのか、佐渡さんがあなたの本を、一冊だけなら装丁してみたいと云うんです。

いいですか。

一冊だけ、ですよ。

ここが肝腎要のところでげしてね。

それで会って頂こうと云う気になったんでさあ。

え？　あたしと佐渡さんの仲？

これは戦後ですから、かれこれ二十四、五年の仲ですかなあ。

たしか平安朝末期の写本を手に入れた実業家が、マ元帥夫人に寄贈するので、装丁の世話をして欲しい……と云われて、それで知り合ったんです。

『山家心中集』の一帖ですがね、あの頃、六、七十万円の値がしていたでしょう。

それで装丁家として一流の人を探そうと云うことになった。

なにしろ西行法師撰、しかも撰者の自筆と云う由緒ある古書ですからね。

めったな人には、装丁して貰えない。

それで、あちこち心当りを尋ねているうちに、佐渡さんの名が出て来た。

その仕事ぶりの成果をみると、まったく申し分ない。

さっそくお願いしてみると、

——半年間、預けて呉れるなら。

と云うんですなあ。

これには、参りましたよ、全く。しかし依頼者に、その旨を伝えると、

——面白い、金は弾むから、心ゆくまでの満足な装丁をして貰って呉れ。

との返事です。

注文を受ける方も贅沢な云い分だが、依頼主も流石だと感心しやしたね。

それで出来上ったのが、厚い鳥の子紙に、金箔、銀箔を散らして、雲と桜を描きだした胡蝶装の傑作です。

この仕事のあいだに、マ元帥は解任になって帰国したため、その『山家心中集』は、まだ日本に残されてますがね。

なにしろ八百年以上も前の写本ですし、西行法師の自筆の和歌だって、毛唐なんぞには読めっこない。

佐渡さんのお陰で、国外流失を免れたと云うことになりますかなあ、ハハハ……。

いまなら五、六千万円の値打ち物ですよ。

……そんなことから、佐渡さんと仲好くなったんですが、この男も、変人でしてね。

金銭ずくの仕事はしない。

自分が気に入ったものなら、欲得ぬきで、目の色を変えて熱中してやる人です。

あたしが特に佐渡さんと親密になったというのは、『姦淫聖書』のお陰ですわ。

え？　ご存じない。

これは一名、『邪悪聖書』とも呼ばれているんですよ。

一六三一年に、ロンドンから出版されたバイブルですがね。

聖書は、世界一のベスト・セラーでしてねえ。いくら出版されたか、ご存じですか？

一九五〇年の記録によると、たしかアメリカで売れたバイブルが四億冊、イギリスとスコットランドで七億冊だそうです。

二十数年前の記録ですから、二十億冊は出ているでしょうなア。

それだけ発行されているバイブルの中で、貴重なのが、『姦淫聖書』なんです。

これは、出《しゅつ》エジプト記二十章の第十四節に、有名な文句、

——汝、姦淫する勿れ。

と云う言葉があるんですが、印刷のミスでもって、

——汝、姦淫せよ。

となっているんです。

否定の"not"が落ちてしまったんでしょうね。それに気づかずに、配布してしまったと云うんだから、大笑いで——。

ミスに気づいて、慌ててイギリス聖書協会では、回収に乗りだしたが、そっくり回収はできやしません。

ワイセツ文書だと指定され、警察が押収に乗り出したって、巷には何千部と流れているものなんです。

それと同じことでしてねエ。

……あれは、いつでしたか、香港で有名な蔵書家だった方が、ポックリ死んだんです。

ポンピドーと云う、フランス系の英国人でしたが、ね。

その蔵書が売り立てに出ると云うので、もしや漢文の古文書でも混っていないか……と思って、出かけたんです。

香港サイドのホテルで、その売り立て……つまり競売が行われたのですが、競売人が、

「アダルトルース・バイブルがない、ない」

と騒ぎ立てはじめた。

つまり『姦淫聖書』ですな。

なんでも世界に六冊しかないという中の、一冊なんですよ。

当日の売り物です。

現在だったら、軽く十万ドルはする値打ちものですわい。

下見のとき、誰かが失敬したんでしょう。愛書家なら、誰だって盗みたくなる。

あたしは、横文字の本ばかりなんで、敬遠して九竜サイドに帰った。

あれはネイザンロードと云うんですかな、その盛り場をぶらぶらしていた。

そして、いつの間にか、細く入り組んだ露地へ、気がつくと足を踏み入れてしまっていたんです。

すると、ポンと肩を敲《たた》かれた。

みると佐渡さんなんです。

――どうして香港へ？

と訊くと、

――ちょっと、仕事のことで。

との返事だ。

あたしは、ハハア……と思った。

その時、あたしは、てっきり佐渡さんが、あの『姦淫聖書』を盗んだ犯人だ……と思ったんですよ。

本の装丁に、あれだけ執念を燃やす人間が愛書家でないわけがない。

あたしは、しばらく様子をみようと思って佐渡さんに、

――一緒に食事でも。

と誘いの言葉をかけた。

すると彼は、

――クーロン城へ行きたいから。

と云うんですな。

あたしは仰天した。

九竜城と文字では書くが、香港へ行ってもクーロン城には入るな……と云う言葉があるぐらいに危険な地域です。

いわばモロッコのカスバ、ニューヨークのハレムと並ぶような犯罪者の巣窟です。

ひとりで、ノコノコ行く場所ではない。

それで、あたしは忠告したんです。すると佐渡さんは、ニヤニヤして、

――だから、行くんです。

と云うんですな。

あたしも、なにかあるな……と思い、

——では、ホテルへ一度戻って来ますからそれからご一緒しましょう。

と、そう云ったんです。

パスポートや、金をホテルに預け、背広の上着やネクタイも置いて来ないと、危くてしようがない。

佐渡さんと私のホテルに戻りながら、

——『姦淫聖書』が紛失したのを、知ってますか？

と訊くと、

——それは紛失ではなく、所有者のドラ息子が、華僑に売ったんですよ。

との返事です。

あたしは、唖然となった。

聞いてみると、父親の死後、ポンピドー・ジュニアが、徐昌徳と云う華僑の大立者に、一万ドルで売り渡したと云う。

たった一万ドルですよ！

徐昌徳と云う華僑は、立志伝中の人物で、目に一丁字もない無教養な男であるにも拘らず、なぜか古書を集めていた。

その徐昌徳の、日本の知人を介して、一カ月前に、佐渡さんのところへ、バイブルの装丁を頼みたい……と云って来たんですな。それで彼は、香港へ来ていたんです。

三

笠井菊哉は、いったい何のために、佐渡が危険なクーロン城へ行こうとしているのか、真意が解けなかった。

それも通訳すら連れずに——である。

あとで判ったのであるが、佐渡は、ドイツに留学したとき、中国人の恋人ができて、かなり流暢に広東語が喋れる特技を持っていたのだった。

香港では、北京語は殆ど通じない。

中国は、世界第二位の広大な面積と、世界一の人口を擁している。だから北と南とでは、言葉が通じないのであった。

クーロン城は、九竜側にある悪の巣窟であり、泥棒市であり、人身売買地区であり、ゲテモノ食堂でもある。

そこへ入ってゆく時、佐渡は、ポケットから赤いリボンで結んだ首飾りをとりだし、

「これを首に吊していて下さい」

と云った。

みると首飾りの先に、『福』と云う文字が彫り込まれた、メダルがぶら下っている。

「これは、なんです？」

と訊いてみると、

「徐社長が、これを首にぶら下げていたら、決してゴタゴタが起きないからと、私と通訳用に、二つ呉れたんです」

との返事であった。

おそらく、なにかの符牒なのだろう、と笠井は思った。

中国には、青幇とか、紅幇と云った秘密結社があると聞いている。

だから、その結社の息がかかった人間だぞ……手出しをすると後の祟りが恐ろしいぞ……と警告するメダルなのかも知れなかった。

屋台が立ち並んでいて、目付きのあまりよくない人間が、うようよしている。

なにかに飢えている表情だ。

モヒ中毒なのか、地面を転がって苦悶している男がいるが、通行人は誰ひとり、見向きもしない。

ボロボロの衣服を着た餓鬼どもが、煙草を廻し喫みしながら、洗面器を囲んで、バクチに夢中になっている。

子供を抱いた白痴娘が、苦力みたいな若い労働者に、胯間をくじらせながら、マントウをぱくついている。しかも、白昼堂々と——であった。

笠井は、

〈これは大変なところだ……〉

と思った。

食物の屋台では、ありとあらゆるゲテモノが売られている。

蛇、猿、兎、猫なんて方は、まだよい方であった。

豚と牛の子宮だけを食わせる店。

おなじくペニスとホーデンを売る屋台。

毛虫、ゲジゲジ、百足など、昆虫類を油で揚げている親父は、まるで油虫の背中みたいな顔つきであった。

泥棒市もある。

ここには、ガラクタなら、なにからなにまで揃っていた。

衣類、履物、鍋釜類、なんでもある。

しかし、みんな盗品だけに、半端ものであった。

阿片窟は、流石に大道には面しておらず、民家のどこかにあるらしかった。

売春は、公然と行われている。

笠井菊哉は、心細くなって、佐渡に、

「いったい、なんの目的で来てるんです？」

と訊いたものだ。

「人の皮を買いに来てるんですよ」

佐渡は、こともなげに答えた。

笠井は耳を疑い、

「女をですか？」

と問い返した。すると相手は、一瞬、きッとなって怖い顔になると、

「人の皮です。生きた人間の、ね」

と強い口調で応じたのである。

笠井は、たちの悪い冗談だと思った。それで苦笑しながら、

「それなら、ホテルの近くに、うろうろしてるじゃないですか……」

と忠告するように云った。

こんな危険な……香港に住む人間だって、めったに足を踏み入れない土地に来て、女を買う必要はない。

いくら安い値段としても……である。

だが、佐渡は、本当に人間の皮膚を買い求めるために、九竜城へやって来ていたのである。

それは、彼の注文主の依頼だった。

ポンピドー・ジュニアから、一万ドルで買い求めた、汝、姦淫せよ……の一大誤植本を、徐昌徳なる人物は、こともあろうに、人間の皮で装丁して貰いたい、と要求したと云うのである。

徐社長は、云った。

——それも死んだ人間の皮ではダメだ。生きている人間の、背中の皮を剝いで、それを鞣して装丁して欲しい。

と……。

笠井菊哉は、この時ばかりは、愕然となったことを忘れない。

なるほど、バイブルを装丁する位なら、三十センチ平方の皮があれば可能だろう。

そして近代の外科医学をもってしたら、生身の人間の背中の皮を剝いで、そのあと治療することも充分にできるだろう。

だが、あまりにも残酷な話であった。

生きたまま、背中の皮を売る人間を、佐渡は九竜城に求めて来たわけである。

これでは誰だって、すんなり打ち明けられない道理だ。

しかし、いくら『姦淫聖書』だとは云え、生きた人間の肌で装丁するとは、ちょっと度が過ぎている。

すると佐渡は、笠井の心中を忖度したかのように云った。

「あなたの気持は、わかりますよ……。しかし、装丁者としては、一生に一度、やってみたい仕事なんです」

と――。

フランスでは、ギロチンにかかって死亡した囚人たちの皮膚を剝いで、本の装丁をすることがあったと云う。

またフランス革命当時は、おなじく処刑された貴族たちの死体の皮が、高値で売買されたのだそうだ。

まあ、それ位の知識は、当時の笠井にもあったが、それらはいずれも死人の皮膚だ。生きている人間ではない。

「徐社長は、とにかく、この九竜城へ行ってみたら、物好きな人間がいるだろう……と云ったんですよ」

佐渡は、照れ臭そうに告げた。

「果して、いるかな？」

笠井菊哉は首を傾げた。

「わかりません。ただ、この九竜城のボスである、ヤオチューと云う男に会えば、なんとかなるかも知れないんです」

「ヤオチュー？」

「麻雀に、十三么九《シーサンヤオチュー》と云う手がありますね。その么九なんですよ」

「ああ、一九牌と字牌とを、一枚ずつ集めてあがるやつ……」

「それで先刻から、ヤオチュー親分を知らないか……と訊いているんですが、みんな首をふるんですよ……」

「なるほど、そうだったのか……」

笠井は大きく肯いた。

佐渡が、屋台の商人たちに、なんとか、かんとか、ヤオチューと訊いていたのは、見聞きしている。

だが彼は、老酒のことだとばっかり、早呑み込みしていたのだった。

「どこかに、外出してるんじゃアないの？」

彼は佐渡に云った。

「いや、ヤオチュー親分は、この九竜城のシマから一歩も外へ出ません」

なにか確信ありげに、佐渡は答える。

「どうして、それが判るんだい？」

「なにしろ前科十三犯と云う男ですからね」

「ふーん、なるほど」

「このシマから一歩外へ出たら、誰でも彼を殺してよろしい……と云う、布告が出ている位なんです。それも、五千ドルの賞金付きなんだそうで——」

「それじゃあ、出たがらない訳だ……」

「でも、これだけ問いかけて廻れば、きっと反応があるでしょうよ……」

佐渡はそう云って、

「そろそろ引き揚げますか」

と含み微笑った。

四

……その夜の夕食は、徐昌徳社長の招待であった。

笠井菊哉も、その相伴に与ることになる。

いわば、招かれざる客だ。

徐社長の家は、ヒル・トップにあって、豪壮な住宅であった。

「今夜は、招かれないのに……」

と笠井が云うと、徐昌徳は、肥って白い豚のような躰を動かして、

「ようこそ、いらっしゃいました」

と日本語で、うすい髭を撫で廻したりするのであった。

普通の人間と、目付きが変っている。

〈変だな?〉

と思った。しかし、徐昌徳自体に、なにも恨みつらみもない。

ただ、瞳の色が変っているだけだ。

佐渡は、それだけで安心したらしい。

しかし笠井菊哉は、生きた人間の、背中の皮を剝ぐと云う、その所業には耐えられなかったのである。

徐昌徳は、日本語は流暢であった。いわばペラペラである。ただ、喋らないだけのことであった。

あとで判ったのだが、徐社長は、日本育ちで、日本語は、日本人よりも遥かに出来る人物であったのである。

……なんと云ったらよいのか。

シカゴのチンピラ・ギャングと云えば、ぴったりするような顔だった。

顔の肌は、鉛色のようにどす黒い。

肌は、死んでいるような感じだ。

眼には精彩がなく、鈍って光っている。それも、どんよりした光だった。

それは、モルヒネ常用者のものだった。

言葉づかいにも、なにか粘っこいようでいて、頼りにならない発音がある。

そして絶えずハンケチで、唇の端だの、額だのを拭いている。それにゴクゴクと、冷たい水を欲しがって飲む。

「あなたは、日本でも有名な、本の蒐集家だそうですね」

徐社長の第一声は、こうであった。

笠井は、舌を捲いた。

たしかに本は、蒐集している。

しかし、その大半は和本であった。漢書ではない。

況してや『姦淫聖書』などでは、まったくないのである。

彼は徐社長に、

「なぜ、生きた人間の肌で、装本を頼んだのですか?」

と質問した。

すると相手は、ニヤリとして、

「私は、キリスト教の信者ではありません。だから、汝、姦淫する勿れでも、汝、姦淫せよでも構わないのです。ただ誤植と云うか、プリントの間違いで、そんな本が出来た。それが嬉しくて買ったんですよ。人間には、間違いがあります。だから、生きた人肌で、暖めてやりたくなったのです」

と答えたのだった。

徐昌徳は、無学ではあったが、誰か側近に古書に精通している人物がいるらしく、『金剛般若波羅蜜経』だの、顔真卿の写本だの、袁宏の『後漢紀』の宋刊本だのと、いわゆる世に伝わる逸品を集めているらしい。

話の合間に、それと知って、笠井菊哉は、見たくて仕様がなくなった。

「見せて下さい」

と云うと、

「あなた方は、信用できませんからな」

と笑い、それから、むっつりした表情で、

「図書館にいったって、閲覧料をとられる。まして私の所蔵品は、どこにもある、ここにもあると云う品物ではない。ただで、見せるわけには、ゆきませんな……」

と答えたのだった。

なぜ学徒でもない彼が、そんな高い書物を集めているのかと訊くと、明快に、

「いずれ、香港は中国本土に合併されるでしょう。その時に、処刑されないために、献上品として集めているのです」

と云う答えが返って来た。

つまり、中国本土と香港とが、合併される未来を考えて、中共に対する誠意の表明として、古文書を買い集めていたのである。

笠井菊哉は、正直に云ってガッカリした。

本とは、政治的な目的で、集めるべき性質のものではないのだ。飽くまで、個人的な趣味とか、そうした傾向に拠るものであろう。それが愛書家と云うものであって、本を財産だなんて考えてはいけないのである。

笠井菊哉は、その時、

〈世界は広いなあ〉

と思ったと云う。

一万ドル（当時とすれば、三百六十万円である）で買い求めた『姦淫聖書』を、人肌で暖めようと、生きた人間の皮膚を求める人間もあれば、また九竜城では、それに応じる者もあるかも知れない……と云う気がしたからだ。

この笠井菊哉の勘は、ピタリと適中した。

ヤオチュー親分の子分たちが、手前たちの親分を探し廻っている日本人の観光客を、尾行して宿泊所をつきとめ、三日後に、

——いったい、何の用事だ。

と使者を寄越したからである。

犯罪者の組織と云うものは、恐ろしい。

佐渡は、はっきりと、

——五千ドルで、生きた人間の皮を買い求めたい。こちらの条件は、指定した医師に、本人の背中の皮を剝いで貰い、あと治療して貰うこと。本が装丁された時に、その本を持って、背中の傷を撮影させて貰うことだ。

と云ったのだそうな。

米国紙幣で、五千ドルだ。香港ドル（換算率は六分の一）ではない。

忽ち志願者が殺到し、ヤオチュー親分も、その撰択に迷ったと云う。

徐社長は、先ず、

——男は除外しろ。

と云い、ついで女性のうち、面接した七人の中から、李風花と云う十七歳の乙女に、白羽の矢を立てたと云う。

彼女が、処女であったか、否かは、定かではない。

しかし徐昌徳は、こともあろうに、クイーンズ通り三丁目にある珍大宝外科医院の手術室で、素ッ裸になって李風花を自分の躰の上に乗せ、麻酔をかけさせたのだそうだ。

李風花の肉体の中には、徐社長の男根が挿入されてある。しかし本人は、麻酔によって失神状態だ。

外科医は、珍博士の指示通りに、背中の皮を剝ぎ取り、所定の手当を行った。

李風花は、一週間ぐらい入院していたが、さしたることもなく無事退院したそうだ。

徐昌徳は、目を細めて、

「これぞ、『姦淫聖書』にふさわしい」

と云ったそうだが、セックスしている女の柔肌を、外科医に剝がせるとは、尋常でない神経である。

だが――手術室で、それを逐一、眺めていた佐渡の人生観は、その時から、ガラリと変ったと云ってよいだろう。

人間には、そんなことがよくあるものだ。

佐渡はその時、自分の魂を、悪魔に売り渡したくなったのである。

一般に、本の装丁に用いる皮は、山羊とか羊、牛や豚などの皮であった。

アザラシの皮や、熊、犬、猫の皮などを使う者もあるが、あまりパッとしない。

鮭の皮を用いたり、白樺の幹を削いで使ったりした人もあるようだが、魚類や樹木では本の装丁としては使えても、あとあと残してゆくわけにはゆかぬ。

材料の撰定とは、なかなか難しいものなのである。

佐渡は、徐昌徳が、十七歳の乙女に騎乗位を強い、ずっぷりと根本まで男根を挿入し、麻酔注射でぐったりとなった李風花の肉体を搔き抱いているのを目撃したとき、思わず射精したと云う。

さらに、彼女の背中の皮が、血だらけになりながら、鋭利なメスで切り削がれてゆくとき、ぐったりとなった彼女を抱いて、徐社長が腰を使いはじめたのを見た時、すでにスペルマを放出したにも拘らず、信じられない位に男性自身の怒張を覚えたのだそうだ。

その時、佐渡は、自分自身が、サディストであることを、自覚したのではなかろうか。

五十台の脂ぎった男がいる。

十七歳の乙女がいる。

男の怒張したものは、彼女の肉体の中に奥深く蔵い込まれている。

彼女は失神し、男の意のままだ。

それればかりか、背中にメスをあてられ、その生きた皮膚が剝がれてゆく。

赤い血と、白い精液との祭典。

おそらく佐渡の脳裏には、その情景が灼きついたのであろう。

その日から、笠井菊哉のみる限り、佐渡は人が変ったようになったと云う。

まあ、人間だれでも、自分の目の前で、あからさまにセックスする情景をみたら、少しは気は変になるだろう。

その上、手術室だ。

赤い血が、たらたら流れる。

これでは、いかにもショッキングである。

だが、この体験が、奇しくも笠井と佐渡とを、強く結びつけたのであった。

……ともあれ、こうして李風花の背中の皮による、『姦淫聖書』の装丁は、成功した。

ちょっと見ても、人間の皮膚とは思えないような出来栄えだった。

ただ嫌味なのは、徐昌徳が、その皮を提供した李風花を裸にして、その『姦淫聖書』を持たせ、背中の傷と、自分の手にしている本の装丁とが、一緒の種類である……と云うポーズの写真を見せたことだ。

なぜ、そんなことまで、しなければならないのだろうか。

それだけ、中国人とは、残忍な血を帯びているのだろうか。

かつての仲間である林彪などを、平気で暗殺（？）するような国柄だから、中国人には、そんな血が流れているのかも知れない。

だが困ったのは、佐渡が、そんな血に触発されてしまったことだった。

この優秀なる本の装丁家は、人皮に憑かれてしまったのである……。

五

人間の皮で、本を装丁する。

これは、歴史的にないことではない。

死亡した藤田嗣治画伯も、一七一一年にマドリッドから刊行された人皮装丁の書物を、エクアドルの大統領の息子から贈呈されて、それを所蔵していたと伝えられている。

またニューヨークの古本屋で、全頁が人間の皮でつくられた肉筆本が、発見されたこともあった。『死者の本』と云うラテン語の訳本で、かなり立派な装飾本であったと云う。一九五〇年代に、ある好事家が買い取った時、三千七百ポンドの値であったそうな。

むろん人皮は、市販されてない。

だから一冊限りの装丁になることは、やむを得まい。

だが、徐昌徳の『姦淫聖書』の装丁をして以来、人皮と云うか、人肌の魅力に取り憑かれた佐渡は不幸であった。

彼は、最初、布のもつ味に心を惹かれた。

年次表的に云うなら、これを佐渡の布時代と云ってもよいだろう。

だが彼は、ただの布だけで装丁をしたのではなかった。

この時代に、すでに彼の隠された萌芽がみられている。

なぜなら、当時の彼の作品をみると、次のようなものがある。

作者の名前は、名誉のために省略するが、詩集が主体である。題名と、装丁の内容だけを、しるしておこう。

『愛のしるしに』限定版三百部。装丁・肉色ナイロン・ストッキング。進駐軍ワック（婦人兵）の穿き古しを使用。内貼りは、鳥の子紙。

『変った散歩者』限定版百部のみ。装丁は変色した木綿のパンティ使用。豪華限定版十部は、女優S・Hの使用せしもの。この十部のみ、香料を使用せず。黄色本として、市場の稀少価値を問われている。S・H嬢の、黄色のシミがべっとり付着しているからなり。

『チンチン電車の思い出』限定版二百部。越中フンドシ（但し、汚れたもの）を使用し紐つき。精液のシミのついた物は、市場で高値を呼んでいる由。

『春と私と――』限定版五十部。装丁は、著者（女性）の下着をすべて使用。とくにブラジャー版は高価で有名。（これは二部しかなく、一冊は故人となったRミシンの社長S・H氏と、他の一冊はブラジャー・メーカーのT・S氏が所有している）

……まだ、いろいろとあるが、布時代を終った佐渡は、今度は、ゴム時代にと脱皮してゆく。

ゴムは、われわれの生活の中に、多く採り入れられているが、誰も、本の装丁には使用しなかった。

佐渡は、それに目をつけて、新しい装丁の材料として、採用したのである。

しかし、この方は失敗したようだった。

ゴムと、紙とは、本質的に合わないからであろう。

ただ、一冊だけ、百二十万円と云う値を呼んでいるゴム装丁の詩集がある。

東小路秀樹と云う、ろくでもない詩人の作品集だが、本の名を『血しぶき』と云う。

これは、佐渡が詩集の名にあやかり、有名な独身女優であるS・H嬢の、ゴム製の月経帯を入手し、それによって装丁したものである。

もちろん、世界で一冊しかない。

詩の内容はつまらないが、その装丁だけで値が出ているわけである。

布から、ゴムへ、そして樹皮へと、佐渡は変化してゆく。

この樹皮時代の作品には、ニューヨークの書店市で評判になった白樺を生かした豪華本だの、桜の樹皮と、竹とを交互に貼り合わせた美術本などの、すぐれたものがある。

ミスター・サドの名前が、全世界に知れ渡ったのは、この時の受賞作の評価が、あまりにも高かったからであろう。

しかし樹皮と云うものは、製作する時には扱い易いが、保存用としては不適当である。

佐渡は、ここで停滞する。

硝子を使ってみたり、畳表を取り入れてみたりした。

人間には、人生の波がある。

いくら苛立っても、焦っても、ダメな時はダメなのだ。

しかし当人は、それと気づかず、必死になってスランプから脱出しようとする。

そんな時には、逆に、

〈どこまで、スランプが続くのか、じっくり眺めてやれ……〉

と云う気持になって、スランプの自分を冷たく眺めている方がよい。実力のある人間なら、必ず立ち直るし、そうでなかったら、いくら足掻《あが》いたって無駄である。

下手に過信している人間に限って、あれこれと策を弄しすぎる。しかし実力とは、そんなつまらない小策から生まれるものではないのである。

佐渡は、焦った。

その矢先、ぶつかったのが、李風花の生身剝ぎ取り事件であった。

彼の脳裏には、肥満体の徐昌徳が、手術台の上でゆっくり腰を動かしているシーンが、はっきり刻み込まれている。

姦淫している乙女の背中の皮を、そのセックス行為中に剝ぐ。

まさに『姦淫聖書』に、相応しい光景ではないか。

十七歳の乙女の体腔に、五十男の淫らな体液が迸ってゆく。しかし本人は、麻酔のため気づかない。

だが、目撃者である佐渡は、知っているのである。李風花が犯されながら、そして生きたまま背中の皮を剝がれたことを――。

佐渡は、交通事故で、手足を切断される患者が出るたびに飛んで行き、その手足を買って、鞣し方を研究した。

その結果、わかったのは、エスキモーの女が、海豹などの皮を鞣す時に用いる、唾液による方法であった。

つまり自分の口で噛みながら、唾液で鞣してゆくわけだ……。

佐渡は、この方法を発見した時、

〈もう、これで死んでもよい……〉

と思ったそうである。

だが深夜、ひとりで、交通事故で死んだりした人間の生皮を――ある程度、乾燥させてあるにしろ――口の中で、クチャ、クチャと咬みながら原始的な鞣し工法に挑んでいる中年男の姿を、ご想像いただきたい。

ゾーッとするではないか。

牛や、馬の皮ではない。

人間の皮である。そして、それは本の装丁のために、咬み続けられているのだった。

六

……ハッハッハ。

この佐渡さんて人は、そんな変ったところのある人でやしてね。

永遠の処女といわれた女優さんの、メンスバンドを手に入れるために、当時の金で、五十万円も使っているんですよ。

それでいて装丁料は、全部で千五百円なんですから。

まあ、無茶苦茶ですわな。

また、それがこの人のいい所で……。

前にもお話ししましたが、ある種の人間にとっては、本は魔物です。

これに魅入られたら——そうですな、本の虫といいますか、こいつが取り憑いたら、もう逃れようがない。

あたしみたいに、一冊の本を、とことん探し廻る阿呆もおれば、一冊の本のために人殺しする者もあるんですな。

これは、活字の魅力なんてもんでは、決してない。本なんです。書物なんです。

しかし、その本を集める人と、佐渡さんみたいに装丁する喜びで、人生を送っている人間がある。

これは面白いと思いますな。

まあ、マニアでないと、理解のできない心理でしょう、きっと。

一冊の本を、蒸発した彼女を探すように、日本中を追い廻す。考えてみたら、つくづく莫迦げていますよ。

どう考えたって、五十男のやる仕事ではない。しかし、本人は愉しいんです。

この佐渡さんは、本は追いかけ廻さない。

しかし、装丁のために、人間の皮を追いかけ廻しましてね。

それで、とうとう十四冊の本を……それも自家所蔵本ですが、造っちゃった。

それで、あなたに会わしたいと、思ったんですよ。

人皮装丁本と云うのは、世界でも、数少いですからね。

あたしが知っている限りでは……フランスの、たしか天文学者でしたか、フラムマリオンという博士が、愛人の伯爵夫人が死んだときに、その皮を削ぎ取って、『天地』という自作の詩集の装丁に使った……と云う話ですな、ニューヨークのハンターと云う製本屋が、ある未亡人から、死んだ主人の背中の皮で、古書の装丁を依頼された……と云う話ぐらいですかなあ。

この佐渡さんは、時間と金をかけて、人間の皮を集め、自分の愛蔵本に装丁したと云う豪傑ですよ。

あたしみたいな、せどりとは違う。どこか一本、筋が入っている。

しかし、ここ十年の佐渡さんは、私の目からみると、異常ですな。

でも御本人は、

——やっと憑きが落ちた。

と仰有ってる。

まあ、十年あまり、人皮に狂ったんだから当然でしょうがね。

人間の皮膚で、本の装丁ができる部分は、どこと、どこだと思います？

はははあ、背中と、胸と、太腿ねえ。

あなたも、常識人だ。

この人の装丁は、そんなんじゃアない。

いずれ、佐渡さんが、お見せすることでしょうがね、常識を超越した人間の皮膚で、装丁しているんですよ。

ある作家の作品に、『黒髪』というのがありましたなあ。

これなんか、交通事故で即死した十八歳の女子高校生の頭皮を剝いで、エスキモーみたいにそれを咬んで、装丁したと云う逸品ですよ。

黒い髪の毛が、そっくり残ってましてね。

『白い頸』と云うのは、ガス自殺した女の子……たしか銀座のホステスでしたが、それの葬式代を出してやって、首の皮を剝ぎとって装丁したと云う本でして。

『愛の乳房』と云うのは、かなり若い作家の作品ですが、本の裏表に、ホンモノの乳首がついている。この乳首の提供者は、あなたもご存じの女流歌手ですよ。

背中、腕、太腿なんてものは、誰だって面積が大きいところだから、考えつく。

この佐渡さんが非凡なところはね、他にあるんでしてね。

有名な『大地』という作品がある。

その装丁は、なんと蹠なんです。

かなり良い線を行っていた新劇の女優さんで、舞台稽古の最中、奈落へズドンと落ちちゃって、両足首切断でさあ。

この女優さんの、蹠の皮で、装丁してあるんですよ、実際に――。

口惜しいことに、足の爪に、マニキュアなど施してありましてね。

ご存じでしょうが、名高い猥本で『蚤』ってえのがあります。若しかしたら、もっと別の名前――蚤の旅、と云ったかも知れませんがね。

この本の装丁なんざあ、無理心中したキャバレーの女給の、お尻の皮なんですよ。

彼女、お尻に黒子が……どっち側だったかな……とにかく、ありましてねえ。

それが、装丁として、よく効いている。

……こんなわけで、人体のあちこちを、装丁に使って来たんですが、使えないところがあるそうですな、矢張り――。

第一に、顔が使えない。

目や、鼻があるからでしょう。

次に、手足が――それも指の方が、使えない。

第三には、女のアソコですな。

なんとなく使えそうな感じだけど、下腹部は使えても、ワレメちゃんは駄目だそうで。

ところが、男性のアソコは、使えるんじゃアないかと、佐渡さんは云うんで。

本体と袋とを一気に切り落しましてね、皮だけを鞣したならば、なんとかなるんじゃないかと云うんです。

しかし、かなり立派なものの所有者でないと、装丁には使えない。

えぇッ？　女性の下腹部？

ワレメちゃんを除いて、臍から下を使った装丁はあるんですよ、ええ。

むろん、毛皮つきです。

ある作家の『毛皮のコート』と云う本だと思いましたがね。

ところで、あなたの本を、一冊だけ装丁したいと云う話ですが、どう云う風に思われますか？

佐渡さんは、真剣なんです。

いや、男としての生涯を賭けている。

……その意味が、よくお判りにならない。

彼は、実は、そのことで、あなたに会いたがっていたんですよ。

つまり、あなたの一冊の本のために、自分のもっている一つの物を、捧げようと云うわけでして。

えッ？　あなたも、文士の割には、ピンと来ない人だなあ。
男が持っている、たった一つの物。
……鼻じゃあない。
もっと、下の……そう、珍しい宝。つまり珍宝ですな。
その自分の珍宝と、袋とを提供して、一冊の本を装丁したいと云うんです。
理由ですか？
それは恐らく、十年来、人皮を求めて狂っていた故為ではないですか。
しかし、世界的に、前代未聞でしょうね。
ペニスとホーデンの皮で、装丁した本だなんて……。
佐渡さんは、ご自分のを、切り落す積りでいるんですよ。
いえ、本気なんですよ。
自分のペニスや、ホーデンを、エスキモーの女のように、口で咬んで、たっぷり鞣した
あと、あなたの本の装丁に使おうと云うわけですよ。
あたしだって、はじめは、嘘だろうと思ってました。
ところが、本人が、
——罪の償いとして、そうしたい。
と仰有るのですわ。

死にかかった人間や、自殺した人間の皮膚を、貰うことには、もう飽きて来たのではないですかねエ。

きっと佐渡さんは、また新しい装丁の材料を、探し求めるでしょう。本人を、目の前において云うのも、変なものですが。

いや、この人なら、ペニスがなくなってもホーデンを切り落しても、本と云うものがこの世にある限り、新しい仕事を求めて生き続けますよ……。

あたしだって、この佐渡さんだって、ローゼンバッハじゃないけど、骨の髄まで、本の虫、書物の悪魔が喰い入っている。

もう、お互いに、仕様がないですな。

まあ仕方ないじゃあないですか。

世帯も持てない女に、惚れたようなもんでしてね、へへ……。

それはそうとして、佐渡さんの云っている件は、考えておいて下さいよ。本人にも、いろいろと都合があるんですから。

おや、今夜は月夜ですな。

ぼちぼち、出掛けますかね。新富町は、雰囲気はいいんだけど、若い妓が少くて。

まあ、水無月の月見ってえのも、乙なもんじゃアないですか。

人皮装丁・十三么九と云う意味で、佐渡さんと一緒に飲みにいきましょうよ。

解説　古書とトップ屋

永江　朗

梶山季之は元祖トップ屋だった。トップ屋という言葉はいまは死語となってしまったが、週刊誌のトップ記事を書くフリーライターのことである。

あるとき、新宿のバーで扇谷正造が梶山季之に声をかけた。「トップ屋さん、元気か？」当時、扇谷は一〇〇万部雑誌「週刊朝日」の編集長だった。梶山はその言葉に対し、猛烈に腹を立てたと伝えられている。扇谷のいう「トップ屋」を蔑称と受け取ったのだ。

しかし、最初は蔑称として用いられた「トップ屋」も、のちには尊称となっていった。

一九五六年の「週刊新潮」を皮切りに、五〇年代の後半、「週刊大衆」「週刊明星」「週刊文春」など出版社系週刊誌の創刊が相次いだ。それまでは週刊誌といえば新聞社が発行するものというのが常識だった。メディア界には「新聞のジャーナリストが書いた週刊誌じゃないと信用できない」という雰囲気があって、新聞社以外が週刊誌を出すことはタブーだった。なぜなら新聞社には記者クラブ制度に守られた巨大な取材網があり、出版社にはそれがないからだ。

週刊誌創刊にあたって、出版社はこのハンデをどう乗り越えたのか。そこで活躍したのがトップ屋だった。新聞社系週刊誌が組織力と記者クラブ制度でくるなら、出版社系週刊誌のトップ屋は単独行動のゲリラ戦で対抗した。敵（取材対象）の懐に深く潜入し、組織取材では得られないようなスクープを次々とものにしていった。かっこいい！

新聞記者が出版社系週刊誌のライターを一段低く見る傾向は、いまでも一部に残っている。しかし、一般読者にとっては、新聞社系だから上で出版社系だから下なんて感覚はなくなってしまった。それどころか、いまや出版社系週刊誌のほうがはるかに元気だ。それは梶山季之をはじめ組織に属さないトップ屋たちが、新聞社の社員記者には書けないような鋭い記事を書いてきたからだろう。

『せどり男爵数奇譚』は古書と古本屋をめぐる連作短編小説集である。愛書家、書痴、書狂、ビブリオマニア。異常なほど古書に取り憑かれた人々が登場するだけでなく、古書業界のさまざまなルールや逸話などが小説に織り込まれている。古書ミステリ、古書ホラーであると同時に、いわば古書に関する情報小説でもある。

梶山季之は、トップ屋稼業をしているうちに、こうした古書業界についての情報を獲得していったのではないか、というのがぼくの推理だ。新聞社系週刊誌の記者は、全国に張り巡らされた取材網を使い、記者クラブを通じて流れてくる警察や各官庁、大企業の情報を得ることができる。社内には膨大な資料が揃っている。極端ないい方をすると、新聞社の机の前に座っているだけで、記事ができあがってしまう。

ところが出版社系週刊誌はそうはいかない。現場を訪ね、情報を持っている人に会い、あちこち嗅ぎまわり、ときにはマークした相手と酒を飲んで腹のうちを探る。目と耳と鼻と胃袋をフルに使う。もちろん一人でゲリラ戦は遂行できない。情報提供者たちのネットワークも必要だったろう。資料集めをしてくれる人も必要だったろう。梶山にとっての古本屋とは、ときに望遠鏡になり盗聴器にもなる、そうした資料集めの重要なルートのひとつだったのではないか。「週刊明星」や「週刊文春」のトップを飾った記事は、古本屋たちが集めた資料を基礎情報にして組み立てられたに違いない。そのとき見聞きした古書と古書界にまつわるエピソードをもとに、この『せどり男爵数奇譚』は書かれた、とぼくは推理している。

もっとも、この推理は根拠が弱い。べつに梶山季之が元トップ屋じゃなくても、文筆業者なら懇意にしている古本屋の一軒や二軒はあって当然だからだ。古本屋は資料探しの手足となってくれるだけでなく、溜まった本の処分まで引き受けてくれる。もの書きにとって古本屋はなくてはならない存在だ。元トップ屋でなかったとしても、古書や古書界に関する情報を仕入れる機会はいくらでもあっただろう。でも、ぼくはこの推理を気に入っている。古本屋が出版社系週刊誌を裏で支えていたと考えたほうがロマンがある。

表題の「せどり」についての説明は、第一話「色模様一気通貫」に出てくる。そのまま

引用すると、
〈古本屋仲間で、厭がられる商売の仕方に、新規開店の店へ行って、必要な古本だけを買ってくるのを、俗に「抜く」とか「せどり」と云うんですよね……。（中略）まあ、背中を取る……と云うような意味から来たんでしょうが、それで「せどり男爵」って渾名されたんですよ〉

そういうことだ。洋書店に勤めていたころ、ぼくが先輩から教わったのは「背表紙をちらっと見て、いい本だけを抜いて買っちゃうから」ということだった。もっともぼくが使っている『広辞苑・第四版』には〈【糶取・競取】同業者の中間に立ち、注文品などを尋ね出し、売買の取次をして口銭をとること。また、その人〉という説明が載っている。考えてみれば和綴じの本には背表紙はない。背表紙を見て抜くというのはおかしな話だから、こっちの説のほうが正しいのかもしれない。

この「せどり」ひとつとっても、古書の世界には闇社会めいた怪しさがある。骨董や美術品売買の世界とも通じる怪しさだ。残念ながら新刊本の世界にはこの怪しさが希薄だ（怪しい人はいっぱいいるのに）。古本屋や図書館が舞台になる小説はいろいろあるけど、新刊書店が舞台になることはあまりない（洋画では恋人同士の出会いの場になったりするのにね）。怪しさが足りないのだろうか。

ところで、いま「せどり」が一部でちょっとしたブームである。

ここ数年、従来の古本屋とは違ったリサイクルショップ型の古本屋、俗にいう新古本屋（「しんこぼんや」と読む）がどっと増えた。郊外の幹線道路沿いに、広い駐車場を備えた巨大な古本屋だ。蛍光灯が煌々と店内を照らし、大音響のＪ－ＰＯＰがＢＧＭとして鳴り響いている。スチール棚に並んでいるのがスナック菓子や日用品ならコンビニ、スチール棚から玉がこぼれていたらパチンコ屋。そんな感じの古本屋だ。

この新古本屋の仕入れと販売システムは、従来の古本屋とまったく違う。買い取り価格は、その本が発行された日からどれだけの時間が経過しているかと、市場にどれくらい出回っているかで決まる。基本的には新しい本ほど高く買い取る。従来の古本屋では高値で買ってくれる珍本奇本も、新古本屋ではただの古い本である。

売値は一定期間（三カ月とか六カ月）は定価の半額。それを過ぎると自動的に「この棚、全品どれでも一冊一〇〇円」とか「二〇〇円均一」の棚やワゴンに移される。だから同じ本が半額の棚と一〇〇円均一の棚の両方にあったりする。「当店をご利用になるときは、まず一〇〇円均一の棚から先にご覧になることをおすすめします」とは某新古本屋店長のアドバイスだ。

で、「せどり」である。この一〇〇円均一の棚には絶版本・稀覯本も混じっている。そういう本を新古本屋で「せどり」して、従来の古本屋に売るのである。従来の古本屋は値段を本の最終ページの隅に鉛筆書きしたり、店名が印刷された値書きラベルを糊で貼ったりするが、新古本屋はスーパーで使っているようなラベルを貼る。注意深くやればきれいに剝がれて、新品同様になる。古書を見る目さえしっかりしていれば、これがけっこうな小遣い稼ぎになるらしい。

古本屋自身が新古本屋で「せどり」することも増えているようだ。ある古本屋に「新古本屋が増えて（客を奪われ）、困っているんじゃありませんか？」と聞いたら、「いや、いい仕入先ができたと思って。一〇〇円均一の棚に、お宝が混じっていたりするんだよね」と笑っていた。

インターネットが普及してから、サイドビジネスとしてオンライン古本屋をはじめる人も増えている。水道屋を営むある一家が、稀覯マンガの専門古本屋をはじめた。古本屋の組合に加盟していないから、業界の交換市には参加できない。店舗もない。いったい仕入れはどうしているのだろうと聞いたら、「毎晩、クルマで新古本屋まわりをしています。一〇〇円で買った本が一〇倍、二〇倍の値段で売れるんですよ」とのこと。

梶山の小説では「古本屋仲間で、厭がられる商売の仕方」となっている「せどり」だけれども、新古本屋からの「せどり」はみんなに喜ばれる。新古本屋は売れない本をとっとと回転させようと一〇〇円均一にしているのだから、それが売れてうれしいに違いない。せどりマンは一〇〇円で買って、それより高い値段で古本屋に売り、差額を稼ぐ。古本屋はもっと高い値段をつけて客に売る。一見、最後の客は損をしているように見えるけれども、しかし欲しかった本を手に入れられるのだから、これまた「ムフフ」てな気分だろう。もちろんその客が新古本屋の一〇〇円均一棚で見つけていれば「ヤッホー!」てなところだろうが、見つけられなかった可能性もある。新古本屋も古本屋も、せどりマンも客も、四者ともニッコリ笑顔の、現代の「せどり」である。今も昔も、古書の世界には怪しい人がいっぱいいる。

こういう現代の古書事情を、あの世の梶山季之はどう思って見ているだろう。「嘆かわしい」なんていうだろうか。いや、好奇心旺盛な彼のことだ、こういう最新事情を織り込んで、『二十一世紀版　せどり男爵数奇譚』をあの世で書き続けているに違いない。

書誌

本書の初出は「オール讀物」昭和四十九年一月号〜六月号に連載。

一九七四年七月、桃源社より単行本化。九月、同社より限定版五十部、特装限定版五部上梓。

一九七六年十月、「集英社コンパクトブックス」収録。

一九八三年、河出書房新社より文庫化。

一九九五年六月、夏目書房より再び単行本化。

＊本書は夏目書房版を元本としました。

三島由紀夫レター教室　三島由紀夫

五人の登場人物が巻き起こす様々な出来事を手紙で綴る。恋の告白・借金の申し込み・見舞状等、一風変ったユニークな文例集。（群ようこ）

コーヒーと恋愛　獅子文六

恋愛は甘くてほろ苦い。とある男女が巻き起こす恋模様をコミカルに描く昭和の傑作が、現代の「東京」によみがえる。（曽我部恵一）

七時間半　獅子文六

東京—大阪間が七時間半かかっていた昭和30年代、特急「ちどり」を舞台に乗務員とお客たちのドタバタ劇を描く隠れた名作が遂に甦る。（千野帽子）

青空娘　源氏鶏太

主人公の少女、有子が不遇な境遇から幾多の困難にぶつかりながらも健気にそれを乗り越え希望を手にする日本版シンデレラ・ストーリー。（山内マリコ）

御身　源氏鶏太

矢沢章子は突然の借金返済のため自らの体を売ることを決意する。しかし愛人契約の相手・長谷川との出会いが彼女の人生を動かしてゆく。（寺尾紗穂）

カレーライスの唄　阿川弘之

会社が倒産した！　どうしよう。美味しいカレーライスの店を始めよう。若い男女の恋と失業と起業の奮闘記。昭和娯楽小説の傑作。（平松洋子）

愛についてのデッサン　野呂邦暢　岡崎武志編

夭折の芥川賞作家が古書店を舞台に人間模様を描く「古本青春小説」。古書店の経営や流通など編者ならではの視点による解題を加え初文庫化。

おれたちと大砲　井上ひさし

家代々の尿筒掛、草履取、駕籠持、髪結、馬方、いまだ修業中の彼らは幕末の将軍様を救うべく、奮闘努力、東奔西走。爆笑、必笑の幕末青春グラフティ。

真鍋博のプラネタリウム　真鍋博　星新一

名コンビ真鍋博と星新一。二人の最初の作品『おーいでてこーい』他、星作品に描かれた挿絵と小説冒頭をまとめた幻の作品集。（真鍋真）

方丈記私記　堀田善衞

中世の酷薄な世相を覚めた眼で見続けた鴨長明。その人間像を自己の戦争体験に照らして語りつつ現代日本文化の深層をつく。巻末対談＝五木寛之

ちくま文庫

せどり男爵《だんしゃく》数奇譚《すうきたん》

二〇〇〇年六月七日　第一刷発行
二〇二四年三月二十日　第十二刷発行

著　者　梶山季之（かじやま・としゆき）
発行者　喜入冬子
発行所　株式会社　筑摩書房
東京都台東区蔵前二―五―三　〒一一一―八七五五
電話番号　〇三―五六八七―二六〇一（代表）
装幀者　安野光雅
印刷所　三松堂印刷株式会社
製本所　三松堂印刷株式会社

ISBN978-4-480-03567-7 C0193